Quatre sœurs à New York

Du même auteur, dans la même série :

Quatre sœurs en vacances

Quatre sœurs dans la tempête

Du même auteur, dans la même collection :

Au secours ! Mon frère est un ado

Le garçon qui ne voulait plus de frère

Une île pour Vanille

Sophie Rigal-Goulard
Illustrations de Diglee

Quatre sœurs à New York

RAGEOT

Pour G, infatigable GO, à NYC
et ailleurs…

Cet ouvrage a été imprimé sur un papier
issu de forêts gérées durablement,
de sources contrôlées.

Couverture : Diglee

ISBN : 978-2-7002-3954-6
ISSN : 1951-5758

Incredible news

– Et papa, il n'est pas là ? s'étonne Lou en nous rejoignant dans la cuisine.

– On l'attend depuis dix minutes ! s'écrie Lisa.

– C'est pourtant lui qui insiste pour qu'on fasse une réunion de rentrée ! dis-je pour bien montrer que mes sœurs ont raison.

– J'ai trop de choses à raconter, j'ai envie de commencer, conclut Luna.

Chaque année, chez les Juin, on a droit à la grande réunion de rentrée. Notre père adore ce genre de mise au point collective. Le concept est simple. Prenez quatre sœurs : Lou, Laure, Lisa, Luna, appelées aussi « les quatre L ». Placez-les autour d'une table en face de Stéphane et Stéphanie Juin, leurs parents surnommés « les Steph au carré ».

Le résultat ? Une heure de cacophonie où chacune veut donner ses impressions.

Lou, ma sœur aînée, vient de rentrer au lycée. Du haut de ses presque seize ans, elle est persuadée d'être cent fois plus intéressante que les trois L qui la suivent et monopolise souvent la parole.

Lisa, ma petite sœur de huit ans, a un an d'avance à l'école. Ce qu'elle aime en ce moment, c'est se documenter. Elle s'est déjà plongée dans les programmes du CE2 et, ce soir, elle compte nous faire une description précise de sa future année de travail.

Luna, la petite dernière de cinq ans, est plus passionnée par les princesses que par l'école. Notre « fée rose » se promène parfois avec sa baguette magique. Mais pendant les réunions, elle n'est jamais muette.

Quant à moi, Laure, je suis en sixième. Cette rentrée au collège est pour moi exceptionnelle, et je n'ai aucune envie de laisser mes sœurs parler avant moi.

– Alors ? insiste Lou. Il est où papa ?

– Il ne va pas tarder, répond maman d'un air embêté. Il fait son jogging.

– Oh non ! crie Lisa en colère. Pas aujourd'hui quand même !

Lou me regarde d'un air entendu. Notre père est accro au jogging depuis plusieurs mois. C'est à se demander s'il ne veut pas abandonner son métier de médecin pour se reconvertir en sportif de haut niveau. Indignée, je m'écrie :

– Et la rentrée de ses filles, ça ne l'intéresse pas ?

C'est exactement le moment que choisit papa pour entrer dans la cuisine.

– 1 heure et 2 minutes, 13 kilomètres ! claironne-t-il en s'affalant à nos côtés. Alors ? J'attends les félicitations...

Mes sœurs et moi, on le regarde sans dire un mot. C'est la grève de la parole chez les quatre L, et c'est extrêmement rare.

– Je viens de battre mon record ! souligne papa.

Comme aucune fille ne réagit, maman sourit en coin.

– Tu es en retard pour notre réunion de rentrée ! s'exclame Lisa sévère.

– J'ai une excuse, madame la directrice...

– Eh ben moi, je suis dans la classe de la directrice, embraie notre petite sœur qui ne peut pas tenir plus de cinq minutes sans parler. Et en plus, cette année, on va élever des « cochons dingues ». Et celui de la classe, eh ben, il va s'appeler Youppi !

– Youppi ! commente papa d'un air super intéressé. C'est une très chouette nouvelle. Mais j'ai mieux à vous annoncer !

Lisa, Lou et moi, on continue à serrer les lèvres pour montrer qu'on s'oppose aux joggings les soirs de rentrée. Même si on est plutôt intriguées par cette dernière phrase...

– Tu sens trop mauvais, continue Luna en se bouchant le nez. Tu vas te laver, et après je te dis avec quelles copines je suis dans la classe.

Papa fait mine de se lever tout en disant :

– Puisque personne n'est intéressé par un pauvre joggeur fatigué qui a une nouvelle incroyable à annoncer, je vais me retirer dans ma salle de bains.

– Bon, on enterre la hache de guerre, annonce Lou, soudain intéressée. Vas-y joggeur fatigué, tu peux parler, on t'écoute.

– Les filles, je vous présente mes excuses pour ce jogging un jour de rentrée, mais je ne peux plus faire autrement, annonce notre père solennellement. J'ai besoin de trois entraînements par semaine car je prépare un marathon.

Comme personne ne réagit, maman chuchote :

– Un marathon, c'est quarante-deux kilomètres, les filles…

– Waouh ! s'exclame Lisa. 4 x 10 km + 2 !

– Super, lance Lou sans la moindre conviction.

Pour montrer que je participe à la conversation, j'ajoute :

– Ça doit être fatigant !

– Un marathon, mais pas n'importe lequel, continue papa. Celui de New York !

– New York ? Tu as bien dit New York ? s'écrie Lou.

Papa tape un grand coup sur la table.

– JE vais courir le marathon de New York ! rugit-il en bombant le torse. Mais le plus important, c'est que vous venez *toutes* avec moi ! On part six jours pendant les vacances de la Toussaint !

Il y a une demi-seconde de silence absolu dans la pièce. Ensuite, c'est l'explosion totale. Lou lève les bras comme si elle venait de remporter une grande victoire, je cours autour de la table, Lisa bondit dans les bras de papa. Seule Luna reste calme.

– C'est où New York ? demande-t-elle d'un air perdu. C'est plus loin que chez papi et mamie ?

Nos grands-parents habitent à deux heures de voiture de chez nous, et c'est déjà le bout du monde pour notre petite sœur. Pendant que maman lui explique où se trouve New York, papa nous raconte comment les événements se sont enchaînés.

– Je prépare la course depuis plus d'un an. Dès que mon inscription a été acceptée, j'ai acheté les billets d'avion pour toute la famille. Ensuite, j'ai « mentalisé » votre mère...

– Votre père veut juste dire qu'il a dû être très convaincant pour que j'accepte de prendre l'avion, nous précise maman. C'est un moyen de transport que j'évite depuis toujours.

Inquiète, je demande :

– Et là... Tu es sûre que tu ne changeras pas d'avis au dernier moment ?

– Je ne vous laisserai pas partir sans moi, c'est une certitude !

– Et puis le marathon a une valeur particulière cette année, ajoute papa.

Il nous explique qu'il appartient à une association de docteurs composée de New-Yorkais et de Français aimant courir. Ensemble, ils ont décidé de participer au marathon de New York et, à cette occasion, de récolter des fonds pour un dispensaire qui a ouvert dans un quartier pauvre de la ville.

– Nous avons recueilli une belle somme de la part de sponsors américains et français qui permettra d'acheter un appareil perfectionné pour les radiographies.

– C'est quoi un dispensaire ? questionne Lisa.

– Aux États-Unis, l'État ne prend pas en charge les frais d'hôpitaux comme en France, répond notre père. Certains Américains n'ont pas les moyens de payer leurs dépenses de santé, alors ils se rendent dans des dispensaires. Ce sont des établissements où les soins sont gratuits grâce au bénévolat de certains médecins ou aux dons d'associations.

On regarde *toutes* papa fièrement. Non seulement il nous amène dans la ville que des millions de gens rêvent de visiter, mais en plus ce voyage sera utile.

– On pourra suivre le tournage de *New York unité spéciale* ? demande Lisa.

– Tu rêves ou quoi ? commente Lou d'un air supérieur. Tant que tu y es, on va manger avec Johnny Depp ! Ou être invitées chez Robert Pattinson !

– Et on pourra acheter un « cochon dingue » là-bas ? nous interroge Luna. Parce que la maîtresse, elle a dit que…

Je n'écoute plus Luna. Moi, ce n'est pas un acteur qui me fait rêver, c'est Andrew Lover, le plus grand chanteur de tous les temps. Dès que j'entends sa voix, j'ai des frissons de bonheur. Je sais qu'il est new-yorkais puisque je collectionne les articles qui parlent de lui. Et si le hasard me mettait sur sa route ?

– On a été trop sévères avec toi papa chéri, dis-je alors en lui tapotant la main. Continue à bien t'entraîner !

– Oh oui ! insiste Lisa qui s'assoit sur les genoux de notre père en se bouchant le nez. Tu dois être le meilleur, papounet d'amour.

– Si tu veux, on te chronométrera pendant ton prochain jogging, propose Lou. Mais sois prudent. Pas d'entorse avant le départ, hein ?

– Que d'empressement ! souligne maman en riant. Bientôt les filles vont te proposer des massages de pieds !

– Beurk ! lance-t-on à l'unisson.

Les Steph au carré nous proposent de commencer notre réunion de rentrée. Mais on n'a plus envie de parler d'école, de collège ou de lycée. Papa vient de nous offrir du rêve. Et quel rêve...

New York, attends-moi j'arrive !

New York ! Here I am !

« In New York
Concrete jungle where dreams are made of
There's nothing you can't do
Now you're in New York »

Je contemple le ciel à travers le hublot de l'avion mais Lou trouble le fil de mes pensées. Elle me tend son casque d'iPod avec cette chanson d'Alicia Keys que je ne supporte plus. Elle la passe en boucle depuis un mois et demi.

Et le pire, c'est que lorsqu'elle ne l'écoute pas, elle la chante !

– Plus que trois heures trente et à nous New York ! me chuchote-t-elle.

Trois fois rien quand on attend depuis quarante-huit jours !

Chez les 4 L, ce mois et demi a été vécu de façon très différente. Lisa a appris par cœur (ou presque) les deux guides sur New York achetés par les Steph au carré. Luna a mené une enquête pour savoir si les fées américaines étaient vêtues de robes roses à volants et si elles disaient « Abracadabra »…

Lou, elle, s'est mise à porter deux montres, une à chaque poignet.

– Je veux vivre pleinement cette semaine à New York, m'a-t-elle expliqué, mais je dois aussi être reliée à Maxou. Avec l'heure américaine à droite et l'heure française à gauche, je saurai exactement ce qu'il fait alors que des milliers de kilomètres nous séparent.

Le Maxou en question s'appelle Maxime Gandier et c'est le chéri de ma sœur depuis cet été.

Quant à moi, je suis devenue l'élève la plus concentrée en cours d'anglais du collège. Si je me retrouve face à Andy Lover, je dois pouvoir bredouiller autre chose que :

– Euh… My name is… Euh…

Pendant notre séjour, nous allons rencontrer des Franco-Américaines. Une des amies d'enfance de maman s'est mariée avec un New-Yorkais. Depuis, elle est divorcée toutefois elle vit toujours là-bas. Ses deux filles ont le même âge que Lou et moi.

Tout à l'heure, j'ai essayé d'avoir des détails sur elles, mais j'ai vite abandonné. À peine assise dans l'avion, maman s'est momifiée. Elle s'est enroulée dans une couverture avec un masque sur le visage et des boules Quies dans les oreilles.

Papa lui a donné de quoi dormir, et son traitement a été efficace puisqu'elle ne bouge plus depuis deux heures ! Pourtant, Luna a fait un bruit incroyable pendant le déjeuner. Elle remuait tellement sur son siège qu'elle a fini par renverser le plateau-repas sur Lisa qui s'est retrouvée les jambes badigeonnées de ketchup.

Lou a grondé Luna qui pleurnichait en accusant l'avion de « trop la faire bouger », pendant que papa se démenait pour enlever les taches sur le pantalon de Lisa.

C'est là qu'une annonce a retenti.

– Is there a doctor on the plane? We need a doctor.

Le docteur Juin s'est levé et il est allé voir quel était le problème. Une passagère venait d'avoir un malaise et il a dû rester pour la soigner et la surveiller.

– Dès que je suis dans un avion, quelqu'un se sent mal, a-t-il chuchoté à son retour. C'est automatique!

Depuis le repas, je n'arrive pas à me concentrer sur quoi que ce soit. Je sors le petit papier plié de mon sac à dos. Je le relis pour la cinquantième fois :

Andrew Lover
1467 Lexington Avenue
New York

Je me suis fixé une mission ultra top secrète. Je compte rendre visite à Andy et lui demander un autographe. Bon, évidemment, je ne suis pas encore certaine qu'il soit chez lui quand je passerai lui rendre visite, mais...

C'est le bruit des roues de l'avion touchant la piste d'atterrissage qui me réveille. Je me suis endormie en rêvant d'Andy. Bientôt, l'avion s'immobilise. Ça y est, nous voici à New York ! Tout le monde détache sa ceinture. Maman est la seule à dormir encore et papa doit la secouer pour qu'elle se réveille.

La porte de l'avion s'ouvre…

– On peut parler français ou c'est interdit ? chuchote Luna.

Papa se met à rire mais il arrête immédiatement quand nous arrivons au contrôle des passeports. Il y a une queue impressionnante ! Après une heure d'attente, nous sommes devant le guichet.

Un policier nous dévisage, sa mine sévère m'impressionne. Il examine longuement nos passeports en fronçant les sourcils. Ensuite, il pose un tas de questions en anglais.

– Tu sais que si les Steph au carré se trompent en répondant, on peut être renvoyés en France ? me chuchote Lou, angoissée.

– J'ai lu dans le guide qu'il y a huit vols par jour vers la France, précise Lisa. Ce sera facile de trouver un avion retour !

Je regarde papa et maman en priant pour qu'ils ne disent pas de bêtises. Mais Luna s'en charge pour eux.

– Pourquoi il a l'air méchant le monsieur ? me demande-t-elle à haute voix.

Je lui fais signe de se taire. Heureusement, à ce moment-là, papa la prend dans ses bras. Il lui explique que nous allons être photographiés, puis que nous devrons passer notre index sur l'appareil contrôlant nos empreintes.

Je respire à nouveau. Je sautille de joie en suivant mes parents qui quittent le poste de contrôle. Ils ont été trop forts en anglais puisqu'on est passés sans problème.

Il nous faut encore une heure supplémentaire pour récupérer nos bagages et trouver un taxi de dimension suffisante pour y faire entrer quatre L, deux Steph et leurs multiples valises ! À 14 heures, heure locale, les premières tours de Manhattan se dessinent devant nos yeux. Elles sont immenses, même de loin !

– Vous savez que le premier gratte-ciel new-yorkais a été construit en 1890 ? Il mesurait 94 mètres, commente Lisa qui a sorti son guide préféré.

Je n'écoute absolument plus ma sœur, je me contente d'admirer ces gigantesques façades de verre qui s'élancent vers le ciel.

Nous sommes logés dans un appart-hôtel, au 103 North End Avenue, près de la rivière Hudson. Pour atteindre notre vingt-deuxième étage, nous prenons un ascenseur transparent. Évidemment, maman ne monte pas avec nous, elle préfère les escaliers.

– On le refait encore une fois ! s'écrie Luna alors que les portes de l'ascenseur s'ouvrent.

Papa sort nos valises pendant qu'elle pleurniche :

– Je veux refaire de l'aaascenseur transpaaarent !

Lou parvient à la convaincre de sortir et on s'assoit sur nos valises pour attendre maman qui arrive rouge comme une tomate et à bout de souffle, quelques minutes plus tard.

– Hmpff, sept heures au-dessus hmpff du sol, c'est suffisant pour hmpff, aujourd'hui, déclare-t-elle en s'appuyant sur papa pour récupérer.

En entrant dans l'appartement, on se rue *toutes* vers les fenêtres. C'est la première fois qu'on voit la vie d'aussi haut !

– Alors, si on compte environ trois mètres par étage, lance Lisa, on est... Euh 3 x 20 +...

– À 66 mètres du sol ! Merci, on sait compter ! renchérit Lou.

De cette hauteur, les voitures et les gens ressemblent à des Playmobil.

Au moment où il faut nous répartir dans les deux chambres, la guerre éclate entre les quatre L.

– En tant qu'aînée, je décide qui va dormir dans ma chambre ! affirme Lou.

– Moi, je veux laisser la lumière allumée pour lire le soir ! annonce Lisa. Avis à celle qui dort avec moi !

– Moi j'ai envie d'avoir la place du haut dans le lit à étage, pleurniche Luna.

– Pas question ! je réplique. J'y ai déjà installé mes affaires.

Papa nous met *toutes* d'accord d'une seule phrase.

– Je compte jusqu'à 5. Si à 6, vous n'êtes pas décidées, vous dormez sur le palier !

– Lisa, on se met ensemble, la lumière ne me gêne pas, dis-je alors que papa prononce déjà le deux.

– Luna, tu viens dans ma chambre. On sera mieux sur des lits jumeaux ! propose Lou tandis que le cinq retentit.

À présent, nous sommes *toutes* affalées sur le canapé. Luna zappe comme une folle, il y a un nombre de chaînes incroyable !

– Il est 23 heures en France les filles ! nous informe Lou qui regarde son poignet gauche. Maxou va bientôt se coucher.

– Non ! Maman vient de dire que c'était l'heure de goûter, proteste Luna en bâillant très fort.

Lisa tente d'expliquer la notion de décalage horaire à Luna mais elle abandonne vite.

Papa sort de sa chambre en arborant un jogging flambant neuf sur lequel est inscrit en lettres capitales « MARATHON N-Y COURIR POUR GUÉRIR ». C'est la tenue dans laquelle courront les médecins de son groupe et il est très fier de nous la montrer.

– Alors ? nous demande-t-il en défilant devant nous. Vous me trouvez comment ?

– Un peu gros, lui répond Luna.

– Non, encombrant. Tu caches la télé, commente Lisa.

– On est *toutes* avec toi, marathon man, lance Lou en applaudissant. Le slogan, trop top !

– Tu es obligé d'être dans les premiers pour le dispensaire, j'ajoute en bâillant bruyamment.

Mes yeux ont du mal à rester ouverts. Je me sens soulevée de terre. Je crois que le roi du jogging me porte jusqu'à mon lit. J'ai une pensée pour Andy Lover.

Je suis en plein cœur de mon rêve.

New York, here I am !

Goodbye Andy...

– Waouh !

C'est le seul mot que j'ai en tête depuis que nous sommes dans le « yellow cab », le taxi jaune qui nous conduit à Central Park. Nous y avons rendez-vous au zoo, avec l'amie de maman et ses filles.

Je me dévisse la tête pour apercevoir les sommets des buildings.

– Arrête de bouger ! me demande Lisa dont le teint a viré au verdâtre.

Il faut dire que le chauffeur conduit très vite et qu'elle a un peu abusé des doughnuts ce matin. Notre premier petit-déjeuner cent pour cent américain a été inoubliable ! Lou, Luna et moi, avons découvert le bonheur absolu avec des bagels fourrés au sirop d'érable.

– Savez-vous que Central Park est un parc de quelque 3 millions de m^2 ? 500 000 arbres y ont été plantés par l'homme dès 1857, lance Lou qui s'est emparée du guide et imite Lisa à la perfection.

– Et qui c'était l'homme qui a planté tous ces arbres ? questionne Luna qui est la seule à écouter.

Lisa a un pâle sourire. Heureusement, son calvaire s'achève puisque le taxi nous dépose sur Colombus Avenue. On met enfin les pieds dans Manhattan, un quartier en plein centre de New York. On est tout de suite assaillis par un brouhaha indescriptible : voitures qui freinent, klaxons, sirènes. Ici, le silence n'existe pas.

Les trottoirs sont extra larges et les passants marchent d'un pas rapide, comme s'ils avaient un train à prendre. On se jette dans le flot, et maman s'empare fermement de la main de Luna.

Avant de partir ce matin, j'ai réussi à jeter un coup d'œil sur le plan que papa ne quitte pas, vu son sens catastrophique de l'orientation… Andrew Lover habite sur Lexington Avenue, à deux pas de Central Park. J'y vois un signe du destin. C'est maintenant, aujourd'hui et tout de suite que je dois aller chez lui !

– J'en suis à 256, lance soudain Lisa qui a enfin retrouvé un teint normal. Je compte les yellow cabs…

– Si tu arrives à un million, tu passes en première page du *New York Times Magazine*, se moque Lou.

Du coup, Lisa se met à compter à voix haute de plus en plus vite. Heureusement, nous entrons dans Central Park. Tout à coup, les bruits de la ville s'atténuent. On est plongés en pleine nature, avec des pelouses verdoyantes, des jardins fleuris, des plans d'eau, des sentiers qui serpentent un peu partout. Les arbres ont pris leurs couleurs d'automne, jaunes, orangées ou rousses.

– C'est l'heure pour moi de vous quitter, nous annonce papa qui a prévu de faire deux heures de jogging.

On le regarde *toutes* partir en l'encourageant. Seule Luna ne s'intéresse pas à son départ. Elle a repéré les écureuils, très nombreux dans le parc.

– On pourrait en attraper un, s'écrie-t-elle, et on le rapporterait à la maison.

– Mais non ! Les écureuils sont interdits dans les avions ! lance Lisa qui semble plutôt dégoûtée face à ces rongeurs.

– Si on attrape une dame écureuil, on pourrait la marier avec Youppi, le « cochon dingue » de ma classe, et ils auraient des bébés, insiste Luna.

– Ah ouais ! dis-je en riant. Ce serait des « dingureuils » !

– On va être en retard à notre rendez-vous, lance maman. Dépêchez-vous !

Notre arrivée au zoo ne passe pas inaperçue.

– Steeeph ! Je suis làààà ! crie un cyclone blond qui se jette dans les bras de maman.

– Sandriiine ! hurle à son tour notre mère en attrapant les mains de son amie. Tu n'as pas changé !

– On dirait mes copines et moi ! commente Lou en désignant les deux mères qui continuent à s'exclamer.

Les deux filles de Sandrine se rapprochent de nous.

– Hi ! s'écrie la plus jeune avec un beau sourire. Je suis Meg !

Meg est bien plus grande que moi. Ses cheveux blonds sont tressés dans son dos, et elle porte un pull très long multicolore ainsi qu'un collant jaune fluo avec d'énormes chaussures noires montantes.

Sue se présente à son tour. Elle est plus petite que Lou et plus ronde. Elle a des cheveux noirs très courts qui dépassent à peine de la casquette posée à l'envers sur sa tête. Elle arbore un jogging informe et des baskets super flashy.

– Je suis Laure et… j'adore ton pull, Meg ! Ton collant aussi d'ailleurs !

– Moi c'est Lou, ajoute ma sœur, super contente de vous rencontrer.

Maman et Sandrine proposent d'emmener Lisa et Luna visiter le zoo, tandis que Lou et moi préférons suivre Meg et Sue pour une découverte commentée de Central Park.

Les deux sœurs nous entraînent vers un petit lac, près d'un théâtre en plein air. On s'affale dans l'herbe pour discuter.

– C'est cool que vous soyez venues à New York ! lance Meg. On est toujours contentes de rencontrer des Françaises de France !

Sue hausse les épaules en ajoutant :

– Tu connais beaucoup de Françaises d'Angleterre, toi ?

– Je me comprends, continue Meg. Moi je suis allée une fois en France depuis ma naissance. It was so cool ! Dans notre lycée, il y a beaucoup d'élèves nés aux States, et ils parlent assez mal le français.

Sue en profite pour préciser qu'elles sont toutes les deux au lycée français de New York.

– C'est à deux pas d'ici, commente Sue. C'est horrible... On doit porter un costume ridicule.

– Oh non, it's fun ! lance Meg. La jupe plissée et la cravate, c'est tendance. Avec des mocassins vernis. Very very pretty, like you and me baby !

Je sursaute. Meg vient d'entamer le refrain de la dernière chanson d'Andrew. Je lui demande :

– Euh... Tu aimes Andy Lover ?

– I love him ! C'est mon chanteur préféré.

Je ne tiens pas une seconde de plus et j'annonce triomphalement :

– Alors, si ça t'intéresse, on peut aller le voir. J'ai son adresse : 1467 Lexington Avenue.

Le silence qui suit est plutôt impressionnant.

– Tu veux vraiment rencontrer cet ado boutonneux qui chante comme une casserole ? s'étonne Lou.

– Et alors ? je réplique. D'abord, Andrew chante merveilleusement bien, en plus il est largement plus beau que ton chéri qui, lui, a des boutons !

Et paf ! Lou ne répond rien vu que Maxime Gandier est en pleine crise d'acné depuis deux mois. Elle se met à lire l'heure française avec grand intérêt.

– Je hais Andrew Lover, lance Sue en grimaçant.

– Moi j'adore ! Il est au top ! crie Meg en se levant. Let's go !

Lou et Sue se regardent et soupirent très fort.

– Pas question que je passe une heure à marcher, râle Sue.

– On peut les laisser partir toutes les deux tu crois ? demande ma sœur qui n'a pas non plus envie de m'accompagner.

– Pas de problème. Meg connaît l'avenue comme sa poche, c'est notre quartier ici.

Quelques minutes plus tard, Meg et moi sortons de Central Park. J'ai envie de crier à tue-tête « Avis à la population ! Laure Juin se promène presque seule dans les rues de Manhattan ! ». Meg slalome à toute vitesse entre les passants sur les trottoirs larges comme des autoroutes, et j'essaie de suivre son allure.

– L'avenue fait plusieurs kilomètres, m'annonce-t-elle en se retournant. Le 1467, c'est plutôt loin. Hurry up !

Il nous faut près d'une demi-heure pour atteindre notre but.

– Il nous reste quinze minutes et ensuite, retour au pas de course, lance Meg alors que nous arrivons.

Je suis exactement en bas de l'immeuble d'Andy.

Mon cœur s'accélère.

Meg et moi, on cherche fébrilement le nom « Lover » sur les boîtes aux lettres.

– Il n'y est pas, dis-je affolée.

– Non. Je ne le vois pas non plus, confirme ma nouvelle amie. Attends... Où as-tu trouvé cette adresse ?

– Dans un magazine, on nous proposait d'écrire à notre vedette préférée.

Meg pousse un cri d'horreur.

– Tu aurais dû me le dire, cette adresse est celle de son fan-club ! Les magazines ne donnent pas les adresses personnelles des chanteurs.

Je me sens honteuse d'avoir été aussi naïve et j'ai presque envie de pleurer. Meg essaie de me consoler :

– Don't worry, j'aime bien marcher ! C'était une belle promenade.

– Lou va se moquer de moi, j'en suis sûre.

– On n'a qu'à faire comme si la rencontre avait vraiment eu lieu, propose Meg.

– Tu crois ?

– On explique à nos sœurs qu'en arrivant à son immeuble, on a croisé Andy qui sortait. He was so beautiful !

Meg fait semblant de s'évanouir.

– Yes ! dis-je en riant. C'était le plus beau moment de ma vie. J'ai cru que mon cœur allait lâcher !

– Hurry up, crie soudain mon amie en regardant sa montre. Il ne faut pas rater le rendez-vous avec nos mères.

On vole jusqu'à Central Park, aussi impatientes l'une que l'autre de raconter le superbe mensonge que l'on vient de mettre au point.

Lost in Central Park

Sue et Lou n'ont pas bougé d'un pouce quand on les rejoint. Par contre, on n'a pas le temps de développer notre beau mensonge car nos mères arrivent et on ne tient pas à expliquer notre escapade devant elles.

Pendant que mes petites sœurs racontent leur visite, on se dirige vers un restaurant pour la pause déjeuner.

À table, Lou et Sue nous interrogent discrètement sur notre « merveilleuse rencontre ».

– Alors, votre Andy est aussi nabot qu'il en a l'air ? demande ma sœur, ironique.

– Et il vous a chanté sa dernière chanson ? ajoute Sue avec un demi-sourire. Pretty pretty pretty gni gni gni...

On essaie d'être convaincantes dans la description de notre idole, mais on a la désagréable impression que nos deux sœurs aînées ont des doutes. Heureusement, les hamburgers XXL qui arrivent les empêchent de continuer leur interrogatoire.

– Vous savez qu'il y a un autre zoo encore plus grand dans le Bronx ? affirme soudain Lisa. J'ai lu dans mon guide qu'il abrite plus de 4000 anim...

– Je veux aller dans le grand zoo du Bronsque, crie Luna qui a du ketchup jusqu'aux sourcils.

Maman se hâte d'essuyer son visage.

– Impossible, explique-t-elle. Sue et Meg ont cours cet après-midi et papa doit nous rejoindre pour visiter le MET.

– C'est quoi le MET ? s'inquiète Lou.

– Le Metropolitan Museum of Art… Un musée magnifique qu'il faut absolument aller voir, n'est-ce pas Sandrine ?

L'amie de maman approuve avec enthousiasme alors que je grimace.

– Le MET est l'attraction touristique la plus fréquentée de New York, lance Lisa qui s'est emparée de son guide. Il expose près de deux millions d'œuvres d'art pour un budget de…

– Il est 19 heures en France en ce moment, crie Lou pour couvrir la voix de Lisa. Maxou est à son cours de judo.

Ma sœur se penche vers Sue pour lui chuchoter des confidences sur son chéri… Malheureusement, Sandrine donne très vite le signal du départ. Meg et Sue se lèvent en traînant des pieds.

– Vivement demain qu'on se revoie ! nous lancent-elles en suivant leur mère.

En attendant que papa nous rejoigne, maman nous entraîne dans Central Park. Des jeunes en skate ont investi une fosse et leurs acrobaties sont incroyables. Lisa, Lou et moi, on s'arrête pour les contempler. Maman s'éloigne vers le lac en nous demandant de veiller sur Luna qui n'arrête pas de chanter :

– C'est chou-ette ! Les é-cu-reuils de Centraaal Paaark ! C'est chou-ette !

Lou lui demande de se taire mais Luna continue en sautillant :

– Alors moi, j'ai en-vie d'a-ttra-per un é-cu-reuil, moi, j'en ai en-vie euh !

Captivées par les skateurs, mes sœurs et moi poussons des cris d'admiration.

– Où est Luna ? questionne soudain maman qui vient de réapparaître.

– À côté, répond Lou. Elle chasse les écureuils. Enfin… Elle était là…

– Luna ! crie maman.

Notre petite fée rose ne répond pas.

– Restons calmes, ordonne notre mère en tournant la tête de tous les côtés. On va se séparer pour la chercher. Je vais vers le lac avec Lisa. Lou et Laure, vous partez dans l'autre sens. On se retrouve ici dans un quart d'heure !

Maman nous quitte au pas de course. Lou et moi, nous filons dans la direction indiquée en appelant notre petite sœur, mais nous n'obtenons aucune réponse. La panique commence à nous gagner.

Lorsqu'on retourne au point de rendez-vous, maman nous attend la mine défaite.

– J'ai demandé à plusieurs passants s'ils avaient vu une fillette correspondant au signalement de Luna, mais personne ne l'a aperçue, nous explique-t-elle.

– Elle ne peut pas être loin, s'écrie Lou. Et si elle était repartie au zoo ?

Maman sort un plan de son sac et évalue la distance qui nous en sépare.

– Tu as peut-être raison. J'y vais. Lisa, Laure et toi, vous continuez à chercher.

On se sépare à nouveau. Je marche d'un pas rapide à côté de mes sœurs et, tout à coup, je repère au loin un manège sur lequel se dressent des chevaux colorés qui montent et descendent au rythme d'une musique entraînante. Lou et Lisa réagissent en même temps que moi et on s'élance dans sa direction.

En arrivant devant le carrousel, j'aperçois immédiatement Luna qui est assise sur un muret et qui déguste une énorme glace. À côté d'elle, il y a une femme et un ado.

Je crie son prénom, mes sœurs m'imitent.

Cinq secondes après, les quatre L sont à nouveau réunies. Et mes larmes coulent si fort que je n'y vois plus rien.

Bien sûr, maman finit par nous rejoindre et nous apprenons ce qui est arrivé à Luna grâce à Meryl Bradford et son fils John qui sont ses sauveurs.

– Je vois la petite toute seule qui veut faire du manège, nous explique Meryl Bradford. Je cherche avec qui elle est. Et je comprends qu'elle est perdoue… Alors je parle avec elle. Louna explique les ékyoureuils. Elle veut manger une ice-cream… Et pouis les trois autres filles sont là !

Maman serre Luna tellement fort dans ses bras que celle-ci souffle toutes les trois secondes pour montrer qu'elle n'en peut plus.

Ce qui est incroyable, c'est que la dernière des quatre L, une vraie fontaine au quotidien, n'a pas versé une seule larme alors qu'elle nous avait toutes perdues de vue ! Quand Meryl Bradford lui a demandé où était sa famille, Luna a dit :

– Papa est rentré à l'hôtel, maman l'attend, Loulorlisa regardent le « pestacle » et moi je chasse les écureuils.

L'ado qui est resté en retrait pendant les explications de sa mère me lance :

– Hi ! I'm John. My mother likes your sister, she finds her really cute !

Comme je ne comprends pas tout, je souris à mon interlocuteur, un géant roux et super costaud, en jogging extra large, avec une casquette qui lui cache à moitié le visage. Il irait vraiment bien avec Sue au niveau habillement !

– Are you in New York for a while ?

– Euh… For six days.

Je me sens super forte tout d'un coup. J'ai réussi à répondre à un Américain et il a l'air d'avoir compris !

Quand papa nous rejoint, Luna se précipite dans ses bras et verse des flots de larmes à retardement.

– Je voulais attraper un écuuureuil, sanglote-t-elle. Alors je l'ai poursuiviii avec une pooomme de pin. Et après, j'ai vuuu le manèège. Alors, moi j'avais enviiie de faire du cheval qui monte et quiii descend...

Maman remercie Meryl Bradford et son fils encore trente fois et Luna fait un bisou à John qui la soulève de terre comme une plume.

– Et si on rentrait à l'hôtel, les filles ? propose maman. On a eu notre plein d'émotions pour aujourd'hui, non ? Le MET, ce sera pour une autre fois.

– Moi, j'ai une proposition à soumettre à Lou et Laure, lance papa en se tournant vers nous. Je dois me rendre au dispensaire dont je vous ai parlé pour remettre les fonds récoltés par notre groupe de médecins. Vous m'accompagnez ?

– Génial ! dis-je, ravie. On va vivre en direct un épisode de *Docteur House*.

– Ou croiser Meredith Grey et le beau docteur Mamour ! ajoute Lou qui est fan de la série *Grey's Anatomy*.

On suit le docteur Juin avec un vrai enthousiasme... qui retombe dès qu'on entre dans le dispensaire.

C'est en fait un hôpital miniature de deux étages, et on ne croise aucun magnifique docteur en blouse blanche courant derrière un brancard. Les salles que l'on traverse nous semblent minuscules, avec des murs gris à répétition.

Lou fait la même tête que moi. Elle m'entraîne au deuxième étage. Il est identique à celui que nous venons de visiter, mais c'est encore pire parce que nous sommes dans la partie pédiatrique. Quand je pense que, à l'hôpital où travaille maman, il y a une grande salle d'ordinateurs ainsi qu'une bibliothèque-salle de jeux destinées aux enfants qui font de longs séjours. Les murs sont même peints avec des personnages rigolos !

On redescend vite rejoindre notre père qui affiche un grand sourire en nous entraînant vers la sortie.

– Vous avez vu, les filles ? Le directeur était vraiment heureux ! Son établissement a réellement besoin d'un appareil pour les radios.

– Franchement, répond Lou, cet hôpital n'est pas à la hauteur, papa. Il n'y a rien de prévu pour les enfants malades.

– Oui ! dis-je révoltée. Au lieu de donner tout l'argent pour l'appareil, vous auriez pu en prendre une partie pour la pédiatrie.

Le docteur Juin s'immobilise et nous regarde. Lou et moi prenons l'air le plus indigné possible. Je continue pour enfoncer le clou :

– Il ne faut pas grand-chose pour rendre l'étage des enfants plus agréable. Repeindre les murs avec des couleurs gaies, aménager une salle avec deux ou trois ordis, des jeux, des…

Papa secoue la tête et s'écrie :

– Faire des radios est indispensable dans tout bon hôpital ! Les jouets ne sont pas au programme cette année. Le dispensaire vient d'ouvrir, on ne peut pas résoudre tous les problèmes d'un coup.

Il a sûrement raison. N'empêche…

Je croyais juste qu'à New York tout est possible.

A French-American project

Ma nuit a été très agitée. J'ai rêvé que je rencontrais Andrew Lover dans Central Park et que je l'emmenais visiter le dispensaire. Je suis encore endormie au petit-déjeuner, mais Lisa, elle, est bien réveillée...

– Devinette : je mesure 33 mètres, je pèse 31 tonnes, j'ai plus de 100 ans. lance-t-elle la bouche pleine de doughnut. Qui suis-je ?

Lou remplit méthodiquement son bagel de sirop d'érable sans lever la tête. Je bâille très fort, ce qui n'empêche pas Lisa de continuer.

– Petit indice de plus : je suis une fille et j'ai été inaugurée le 28 octobre 1886...

– Eh bien ! rugit papa. Vous n'avez toujours pas trouvé à qui nous allons rendre visite ce matin ?

– À Sue et Meg ! dis-je en bâillant encore une fois. Mais elles ne sont pas si grosses que ça dans mes souvenirs.

Lou pouffe et maman me précise que nous irons voir Sandrine et ses filles à midi seulement, après leurs cours.

– J'ai été conçue par un sculpteur alsacien du nom de Bartholdi, continue Lisa que rien n'arrête.

– Et je casse les pieds de mes sœurs depuis deux jours avec trois millions de chiffres inutiles, complète Lou.

– J'ai trouvé ! crie soudain Luna qui était en train de comploter avec papa. Je suis ladyyy Libertyyy !

– Bravo Luna ! s'enthousiasme Lisa. Tu es cent fois plus intelligente que Lou et Laure.

Et les deux petites L ricanent, trop heureuses de nous avoir cloué le bec.

Une heure plus tard, la famille Juin se tient aux pieds de la statue de la Liberté. C'est une immense dame drapée dans une tunique vert bronze, tenant fièrement un flambeau dans sa main droite.

Sa tête est couverte d'une couronne à sept pointes et son regard semble fixer l'horizon. Évidemment, on la bombarde de photos. Seule Luna reste inflexible… Dans le yellow cab qui nous conduit chez Sandrine, elle n'arrête pas de répéter :

– Les Américains pourraient la nettoyer un peu ! Vous avez vu comme elle est sale !

Quand on arrive chez Sandrine, Sue est en train d'empiler des gâteaux secs dans des boîtes. Meg nous accueille, les mains couvertes de farine. Aujourd'hui, elle porte une jolie tunique noire pleine de froufrous sur une mini-jupe orange fluo. J'adore ce look et je m'apprête à lui demander l'adresse de sa boutique préférée. Elle ne m'en laisse pas le temps.

– Vivement dimanche ! lance-t-elle, tout excitée. On va s'é-cla-ter !

Sue vient nous saluer. Aujourd'hui, elle a laissé son jogging de côté pour un jean déchiré et un sweat XL. Je la préfère sans sa casquette, sa coupe courte met en valeur ses yeux verts.

– Notre lycée organise chaque année une kermesse, nous explique-t-elle. On profite du marathon pour installer nos stands dans Central Park. C'est le jour idéal pour gagner de l'argent. On vend des pâtisseries, des boissons… La recette finance des voyages.

– Vous pourriez venir nous voir dimanche puisque vous serez dans Central Park pour le marathon de votre père, propose Meg.

– On pourrait même vous aider ! je précise, enthousiaste. Si vous avez besoin d'une décoratrice pour votre stand, je suis celle qu'il vous faut. Je sais plutôt bien dessiner.

– Et si vous souhaitez une vendeuse avec un glamour à la française, c'est moi qu'il faut appeler, affirme Lou en montant sur une chaise.

Meg et Sue admirent ma sœur qui se trémousse en hauteur. Je leur suggère :

– Montez un stand Made in France !

– Oh yeah, me répond Meg les yeux brillants. What a good idea ! Grâce à Lou, on vendrait super bien.

Ma sœur rit et descend de son promontoire.

– Eh attendez, les filles ! Je plaisantais.

Je continue parce qu'une idée vient de me traverser l'esprit.

– Vous avez bien dit que c'est le jour idéal pour gagner de l'argent ?

– Oui, confirme Meg. Grâce au marathon, on a beaucoup de clients.

– Et si on participait à la kermesse nous aussi ? dis-je en me tournant vers Lou. On apporterait la somme gagnée au service pédiatrique du dispensaire.

– C'est une idée géniale ! lance-t-elle.

Pendant qu'elle explique à nos deux amies notre visite au dispensaire, mon cerveau entre en ébullition. Je propose :

– On pourrait créer un grand stand Made in France. On partagerait nos bénéfices en deux. La moitié pour votre lycée, l'autre moitié pour le dispensaire.

– Il faudrait obtenir l'autorisation du lycée, ajoute Lou.

– Avec une idée comme la vôtre, notre directeur sera obligé d'accepter, nous répond Sue d'un air intéressé. On va demander à maman de l'appeler pour lui faire part de notre projet.

– En plus, on est sûres de passer la journée de dimanche ensemble. Give me five ! ajoute Meg en nous tendant sa main.

On tope avec elle.

Il est midi quarante et la grande idée Made in France vient de naître. Tout reste à construire, mais j'adore !

Après le déjeuner, maman part visiter le MET avec Sandrine, Lisa et Luna.

Meg et Sue ont prévu de faire une nouvelle fournée de gâteaux secs. On est en train de couper la pâte lorsque la sonnette retentit. Sue va ouvrir et revient dans la cuisine avec un garçon super mignon. Lou, le visage encore plein de farine, reste en apnée pendant au moins dix secondes.

– Je vous présente Chris ! nous annonce Sue. C'est un copain de ma classe. Je lui ai expliqué qui vous étiez...

– Hi, lance Chris d'une voix grave. Where do you come from ?

– From Paris, lui répond Lou qui s'essuie longuement les mains avec un torchon. Have you ever been to France ?

– Never, répond Chris en se rapprochant de ma sœur. But I love French people !

Cette dernière phrase rend ma sœur plus rouge que la nappe de la cuisine.

J'observe d'un air intéressé ce Chris qui doit avoir un pouvoir magique puisque, depuis son arrivée, Lou est pétrifiée. Il est très grand, très brun, avec des yeux très noirs. Évidemment, il n'est pas aussi beau qu'Andrew Lover, mais il est plutôt agréable à regarder. C'est d'ailleurs ce que fait Lou depuis qu'il est apparu.

– Can I help you ? demande-t-il.
– Oh yes ! s'exclame Lou.
Son cri est si soudain que Sue a un sourire en coin. Quelque chose me dit que Maxime Gandier est peut-être en grand danger, même s'il ne le sait pas encore !
Alors que je tente de découper la pâte en étoile, j'ai une nouvelle idée :
– Et si on fabriquait des sablés en forme de tour Eiffel ? Ou d'arc de triomphe ? Ce serait bien pour le stand Made in France !
Meg est la seule à approuver ma proposition. Lou ne m'a pas écoutée, elle est en pleine discussion avec Chris. Sue sert parfois d'interprète, donc il est clair que Meg et moi serons les seules à être efficaces en cuisine !
– Si tu veux, demain, on va au bazar du coin, suggère mon amie. On dénichera bien des emporte-pièces pour découper nos sablés !
Je m'exclame en lui tendant ma main :
– Give me five !

Quand on se quitte en fin d'après-midi, on se promet de chercher des idées pour la kermesse mais je ne suis pas certaine que Lou m'aidera beaucoup.

– Chris sera là dimanche ? a-t-elle chuchoté à Sue juste avant de partir.

Je n'ai pas entendu la réponse, mais vu le sourire de ma sœur, j'ai compris que Maxime avait du souci à se faire.

Dans le taxi qui nous ramenait à l'hôtel, je lui ai demandé l'air de rien :

– Quelle heure est-il à Paris en ce moment, Lou ?

D'un air détaché, elle a juste lâché « Minuit » sans ajouter un seul commentaire sur son « Maxou d'amour qui doit faire un gros dodo ».

Lorsqu'on rejoint papa à l'hôtel, il annonce :

– Lou ! Laure ! J'ai transmis vos critiques à mon groupe de médecins new-yorkais. Ils sont d'accord : le service pédiatrique du dispensaire a besoin d'être amélioré.

– Maman t'a parlé de notre idée de stand à la kermesse du lycée français ? je demande.

– Oui, et je tiens à vous féliciter. C'est une belle trouvaille. Comptez sur moi, je ferai le plus de pub possible pour votre stand auprès des coureurs.

Quant à maman, elle passe tout le dîner à s'extasier sur sa visite au MET.

– C'était incroyable Steph ! Si tu avais vu ces merveilles… J'ai tellement envie qu'on y retourne ensemble !

– Pffff, souffle Lisa très fort. Une fois ça va !

– Ouais, ajoute Luna. On a marché au moins cent kilomètres !

– Alors demain, MOMA pour tout le monde ! lance maman.

– À ta place je ne regarderais pas ce qu'est le MOMA, chuchote Lou à Lisa qui a déjà dégainé son guide.

Après le dîner, je m'allonge sur mon lit. Il va falloir trouver des idées pour notre stand Made in France. J'ai bien envie de convoquer mes sœurs pour une réunion de crise. Je bâille si fort que mes yeux se ferment tout seuls.

La réunion attendra demain.

Même si je souhaite que le temps ne passe pas trop vite, j'ai hâte que la nuit se termine pour continuer notre French-American project.

Three boys

Ce matin, dès mon réveil, j'ai convoqué une réunion de crise. C'est un rassemblement très important chez les quatre L, qui a lieu dès que l'une d'entre nous a un problème sérieux à résoudre ou un gros chagrin. Les trois L restantes tentent de trouver une solution ou, à défaut, lui proposent du réconfort.

J'expose très vite notre projet à nos deux petites sœurs.

– Vous voulez vendre des trucs le jour du marathon ? Vous n'allez pas regarder papa courir ? s'insurge Luna.

Pendant que je lui démontre qu'il est impossible de suivre des yeux un coureur pendant 42 kilomètres à moins d'être soi-même un marathonien, Lisa commence à émettre des idées.

– Vous pourriez vendre des tee-shirts I love la France ? Ici, il y a partout des tee-shirts I love NY.

– Excellent ! s'exclame Lou. On achète des tee-shirts blancs, on les customise et on les vend deux ou trois fois leur prix.

– Et moi, je pourrai dessiner sur un tee-shirt ? demande Luna les yeux brillants.

Enthousiaste, j'ajoute :

– On pourrait écrire avec des marqueurs spécial tissu. Je vois bien un cœur, qui entoure la France.

– Et moi ? insiste Luna, je pourrai dessiner sur un tee-shirt ?

– Du coup, ce serait sympa d'appeler le stand I love la France, propose Lou.

Luna se met à pleurnicher :

– Je veux dessiner sur un tee-shirt !

– OUI ! s'écrie Lou excédée. Tu l'auras ton tee-shirt !

La petite fée rose sautille de joie et court expliquer sa future mission aux Steph au carré. Ceux-ci nous ont d'ailleurs assuré de leur soutien. Si on doit acheter du matériel, ils sont prêts à nous avancer de l'argent que nous leur rembourserons sur nos gains.

La famille Juin au complet finit par s'engouffrer dans un taxi. Lou et moi en descendons les premières puisqu'il nous dépose chez Meg et Sue.

Nos deux amies nous accueillent avec une bonne nouvelle : le directeur du lycée français est d'accord pour que nous participions à la kermesse. Mes cris de joie obligent Sue à se boucher les oreilles.

Nous avons à peine le temps d'expliquer notre nouvelle idée pour le stand, elles nous entraînent au pas de course vers le bazar évoqué par Meg.

– On y trouvera des tee-shirts blancs et des marqueurs, nous assure Sue.

– Notre père nous a avancé soixante dollars, annonce Lou. Il faut gérer au mieux ce budget pour ressortir avec un maximum d'objets.

– Avec Meg, on dispose de quarante dollars que maman nous a prêtés, ajoute Sue.

– OK, on arrive à cent alors, constate ma sœur. La chasse peut commencer !

On se retrouve en face d'un immense hangar dans lequel on s'engouffre.

Lou remplit méthodiquement un chariot avec les objets qu'on lui apporte pendant que Sue fait les comptes sur son portable.

– Super ! J'ai trouvé des gros magnets tour Eiffel, s'écrie Meg alors qu'on se dirige vers les caisses. Ils serviront d'emporte-pièces pour les sablés.

On sort du bazar avec une soixantaine de tee-shirts, des magnets tour Eiffel et des boîtes de marqueurs spécial tissu.

En arrivant, on s'affale toutes les quatre sur le canapé, épuisées.

– Et dire qu'on a tous ces tee-shirts à décorer, soupire Meg. Tu crois qu'on va y arriver ?

– Mais oui, dis-je sans bouger. Il suffit de nous remettre un peu d'essence…

Mon amie se met à rire comme une folle et je l'imite. Nos sœurs nous regardent d'un air sévère, mais ne manifestent pas la moindre énergie pour déballer nos achats.

La sonnette de la porte d'entrée nous tire de notre torpeur. Sue se lève pour ouvrir. Trois garçons font irruption dans le salon. Visiblement, le beau Chris a appelé des renforts. Un garçon grand et maigre, blond comme les blés et couvert de taches de rousseur s'avance vers nous en lançant :

– Hi ! I'm Sean, vive la Fronce !

– Hi ! s'écrie à son tour le garçon qui le suit. I'm Jack. Chème la Fronce.

Jack est noir et il porte des cheveux longs et tressés. Son jean est si troué qu'on peut voir la couleur de son caleçon.

L'intervention des Américains est un véritable miracle. Lou retrouve instantanément son énergie. En une seconde, elle est debout, en deux, elle est recoiffée, en trois, super souriante. Cette fois-ci, c'est sûr, Maxou est en danger de mort ! Intriguée par ce débarquement, je demande discrètement à Meg :

– Lequel des trois est le chéri de Sue ?

– Aucun, me chuchote-t-elle au creux de l'oreille. Ma sœur n'aime que les garçons grands et sportifs. Je crois qu'ils sont venus pour voir les Parisiennes.

– Surtout celle de leur âge ! j'ajoute en adressant un clin d'œil à Meg.

J'entends d'ailleurs Lou leur proposer de nous aider.

– No problem ! approuve Chris en souriant. C'est bien to be with you, Looo.

À chaque fois que Chris prononce le prénom de ma sœur, il insiste sur le « ou » en la regardant droit dans les yeux. Et « Looo » est sous le charme, c'est sûr !

Finalement, les garçons ainsi que Lou et Sue s'installent en cuisine. Les filles font la pâte et le trio coupe les gâteaux en forme de tour Eiffel, grâce aux magnets achetés au bazar. Du salon où Meg et moi nous occupons des tee-shirts, on entend leurs rires.

– Le tour Eïfeull is so funny ! constate Chris.

– En français, on dit « la tour Eiffel », corrige ma sœur.

– OK ! s'écrie Chris. Be my teacher, Looo !

Évidemment, ma sœur éclate de rire.

– D'accord, je vais t'apprendre le français ! répond-elle.

Meg et moi sommes beaucoup plus sérieuses. J'ai dessiné le logo I love la France sur une feuille, et mon amie m'aide à le reproduire sur les tee-shirts.

Très vite, les ados nous rejoignent et notre équipe fonctionne à merveille. Meg et moi dessinons les logos sur les tee-shirts, les garçons colorient les motifs, Lou et Sue assurent les finitions.

– Very very pretty, like you and me, fredonne Meg.

– Very very pretty, like Lou and me baby, ajoute Chris de sa voix grave.

Finalement, quand Sandrine, maman, Lisa et Luna sont de retour, on a pratiquement fini. Avant de partir, les garçons discutent un moment avec Sue et Lou sur le palier.

Dès qu'elle voit la pile de tee-shirts décorés, Luna pleurniche :

– Vous m'avez laissé zéro tee-shirt pour dessiner ! Je vais le dire à maman !

Heureusement que je suis prévoyante.

– Mais si, il reste un tee-shirt rien que pour toi ! lui dis-je en montrant le dernier exemplaire blanc. Tu peux dessiner ce que tu veux dessus, mais d'abord tu vas te laver les mains !

Lisa et Luna sortent du magasin M&M's où elles ont fait le plein de bonbons et leurs doigts sont couverts de chocolat.

– Il y avait des milliards de M&M's dans des tubes, rangés par couleurs, nous explique Lisa les yeux brillants.

– Et on pouvait acheter que des M&M's bleus si on voulait ! Ou que des rouges, ajoute Luna.

Lisa s'attaque à la décoration du tee-shirt. Pendant ce temps, Lou nous explique que les garçons reviendront demain pour nous faire découvrir leurs endroits préférés à New York.

Un peu étonnée, je lui demande :

– Mais, quand tu dis « nous », tu parles aussi de Meg et moi ?

– Oui ! renchérit Sue. Ils sont nuls en français et ils veulent progresser. Quatre profs, c'est mieux que deux non ?

Comme Sandrine connaît parfaitement les trois garçons, notre mère donne son accord et Lou ne touche plus terre.

Avant de rejoindre papa, maman a le temps de nous raconter en détail sa visite du Museum of Modern Art.

– C'est le premier musée d'art moderne du monde, les filles ! nous explique-t-elle les yeux brillants. Des chefs-d'œuvre inoubliables, de Picasso, Van Gogh, Klimt, Matisse…

Pour une fois, Lisa n'a aucune information supplémentaire à nous apporter.

Luna, quant à elle, est plutôt inspirée par les peintures qu'elle a vues. Elle nous présente un tee-shirt assez étonnant où il ne reste plus le moindre espace blanc.

– Oh ! s'exclame Sandrine. On dirait presque un tableau de Paul Klee !

Notre petite fée rose a fait de l'art moderne à sa façon. Et comme elle est généreuse, elle accepte que nous vendions son œuvre pendant la kermesse.

A teacher called Looo

– Ça fait une heure que tu te prépares ! Sors maintenant !

Papa rentre de deux heures de jogging et il aimerait se doucher avant de se rendre à une réunion pour le marathon. Pas de chance, Lou occupe la salle de bains où elle doit être en train d'essayer sa douzième tenue.

– Papa, tu redeviendras docteur en rentrant à Paris ou tu seras coureur professionnel pour toujours ? lui demande Lisa alors qu'il trépigne.

– Après ce marathon, je me mets à la danse classique.

– Mais tu ne trouveras jamais un tutu à ta taille, s'inquiète Luna.

Pendant que papa lui explique qu'il le cherchera dans le monde entier, Lou apparaît enfin. Elle a mis sa plus jolie robe. En jetant un bref regard sur son poignet, je me rends compte qu'elle n'a plus qu'une seule montre. Je sais déjà l'heure qui ne l'intéresse plus !

On part ensuite chez Sandrine. Sue vient nous accueillir. Ce matin, elle porte un pantalon militaire dans lequel on pourrait facilement entrer à deux.

– Oh ! s'écrie Luna. Tu es habillée comme papi quand il va jardiner !

Sue lui fait un grand sourire. Visiblement, elle est heureuse d'avoir les mêmes habits qu'un grand-père de soixante-dix ans !

Je préfère la tenue de Meg qui porte une robe fuchsia et un collant pailleté. Je m'apprête encore une fois à lui demander l'adresse de sa boutique préférée lorsque maman lance :

– Musée Guggenheim au programme ce matin, n'est-ce pas Sandrine?

Lisa fait une tête de six pieds de long.

– On doit retrouver les garçons à 14 heures sur Times Square, nous annonce Sue. Fournées de gâteaux secs en attendant!

– Quelle chance, soupire Lisa. Vous avez le droit de rester ici, vous.

Lou et moi, on échange un clin d'œil.

– Maman, tu peux laisser Lisa et Luna avec nous, annonce ma sœur. Tu les récupéreras après votre visite au musée...

Lisa pousse un cri de joie qui nous transperce les tympans.

Luna sautille partout en chantant :

– Moi je vais faire des gâteaux avec Mèguetsou!

Pour nous remercier, Lisa sort son guide :

– Je vais vous donner plein d'infos sur Times Square si vous voulez !

On passe ensuite une partie de la matinée à finir les gâteaux secs et à préparer les sacs avec le matériel nécessaire pour la kermesse.

Vers midi, Sue nous apporte un immense plateau-repas dans le salon. Assises par terre toutes les six, on dévore l'un des meilleurs déjeuners de notre vie : des bretzels, des crackers, des doughnuts et du pop-corn ! Avec du Coca !!

– Si maman savait ce qu'on mange, pouffe Lisa.

– Difficile de faire un repas équilibré quand on a un vrai job ! lance Lou très sérieusement.

– Ouais, un vrai job ! répète Luna, la bouche pleine de pop-corn.

À 13 heures tapantes, Sandrine et maman rentrent à l'appartement. Avec Lou, on se dépêche d'enfiler nos blousons et on se faufile vers la porte d'entrée pour échapper au compte-rendu de maman sur sa visite.

Lorsqu'on arrive dans le quartier de Times Square, qui est celui des théâtres, Lou et moi sommes tout de suite éblouies.

Autour de nous, c'est un spectacle lumineux permanent. Les immeubles sont couverts de néons et d'écrans géants éclairés faisant la publicité de marques, de spectacles ou de films.

Les garçons nous attendent, assis sur les marches d'un immense théâtre. Je jette un coup d'œil discret à Lou. Elle remet en place ses cheveux et elle tire nerveusement sur sa robe.

– Hi ! lance Chris en nous accueillant. Je souis très contente de vous voir…

Visiblement, le bel Américain a décidé de faire des efforts surhumains pour communiquer avec ma sœur qui prend son rôle très au sérieux.

– Presque parfait, Chris. You must say « content » because you're a boy.

– Yeah. A boy… And you are a really pretty girl Looo.

Sean et Jack lancent un regard envieux à Chris. Ils aimeraient bien avoir aussi une Parisienne comme prof personnelle.

– Help us, Lou ! supplient-ils. On veut faire des « progress » en français !

Ma sœur se contente de leur adresser un sourire poli.

Le trio finit par se lever.

– Les garçons proposent qu'on descende Broadway pour aller boire un verre au *Jimmy's Corner*, m'explique Meg.

– Good idea ! dis-je.

Le cœur battant, je suis le groupe. Je me promène en plein cœur de Manhattan avec des Américains cent pour cent authentiques, et en plus je parle anglais ! Ou presque…

On s'arrête très vite au *Jimmy's Corner*, un bar dont les murs sont couverts de graffitis éclatants de couleurs. Chris s'assoit évidemment très près de Lou.

– So Lôôr ? Quelle ville tiu prefer ? New York or Paris ? me demande Jack.

Il a bien compris qu'il ne restait plus qu'une seule Parisienne pour lui donner des cours.

Très sérieusement, je lui réponds :

– Je crois que je suis tombée amoureuse de New York.

– « Tombée amioureusse » ? me questionne-t-il.

– Euh... To fall in love ?

– Oh ! Like Chris and your sister ! me chuchote alors Jack. So... You're in love with New York !

– Yes ! I'm in love with New York ! dis-je, ravie de participer à une vraie conversation en anglais.

Après le café, les garçons nous entraînent dans le métro. Je le trouve vraiment plus sombre et plus compliqué que le métro parisien. Mais avec nos guides, impossible de se perdre.

On arrive ensuite dans Chelsea, un autre quartier de New York. Ici, plus de théâtres mais une succession de hangars rénovés et de magasins branchés. Avec ses nombreuses galeries d'art, c'est un quartier que ma mère adorerait !

– Let's go walking on the High Line ? propose Sean en se tournant vers nous.

On s'engage sur la High Line, une voie ferrée désaffectée, reconvertie en longue promenade suspendue. Nous sommes à dix mètres de hauteur et Lou, qui a le vertige, se rapproche de Chris à chaque fois qu'il se penche au-dessus du vide.

– Fais attention ! lui dit-elle en lui prenant le bras.

– Ouh là là ! s'écrie-t-il. Je tombe !

Lou rit aux éclats en le rattrapant. Je regarde l'heure à ma montre, et je réalise que Maxou doit être en train de dormir, là-bas en France.

Le pauvre !

L'après-midi passe à toute vitesse, et il est plus de 18 heures quand on regagne l'appartement de Sandrine. Papa nous y attend puisqu'il est venu rejoindre maman et les filles.

– Ce matin, à la réunion marathon, on nous a distribué notre dossard et un sachet rempli de gadgets, nous explique-t-il. Il y a quelques souvenirs qui peuvent vous plaire…

Je fouille le sachet et j'en extirpe divers objets estampillés « marathon NY ». Une petite affiche attire l'attention de Sue. C'est le programme d'un concert qui aura lieu dans Central Park après le marathon.

Elle pousse un hurlement en le lisant :

– Les Strukes et Sergent Pepper seront là ! Le rêve ! Les Strukes et Sergent Pepper !

On la regarde d'un air inquiet et Meg se met à rire.

– Ce sont ses deux groupes de rap préférés, nous explique-t-elle. Elle est en transe quand elle en parle.

Mais Sue redevient vite elle-même quand elle voit les prix des places. C'est un spectacle caritatif et les billets qui restent à vendre sont hors de prix.

– Vous avez raté le musée Guggenheim, les filles ! lance alors maman qui sort de la cuisine. C'est une merveille architecturale avec une galerie en spirale impressionnante et une coupole grandiose ! Quant à l'exposition en cours... Magnifique ! N'est-ce pas Sandrine ?

Comme les deux amies se lancent dans des commentaires interminables, je rejoins Meg dans sa chambre pour faire le point avant le jour J.

– Et si on faisait un échange ce soir ? me propose-t-elle soudain. Je pars avec vous à l'hôtel et Lou dort ici.

Son idée étant géniale, je cours l'exposer au reste de la famille. Papa, maman et Sandrine sont d'accord, ce qui provoque une nouvelle explosion de joie.

– Trop top ! hurle Lou.

Elle chuchote quelque chose à Sue qui a un petit sourire. Je me demande si elle n'envisage pas de revoir son beau Chris ce soir.

– Et moi ? pleurniche Luna. Qui va dormir dans ma chambre si Lou n'est pas là ?

– Je prendrai sa place, la rassure Lisa. Je te lirai la fin du guide sur New York.

– Oh non... Moi je préfère le guide des fées que m'a acheté maman.

Dans le taxi, je donne la main à Meg. C'est drôle, mais j'ai l'impression de la connaître depuis toujours. Quand je pense qu'il va falloir qu'on se quitte, j'ai presque envie de pleurer. Comme si elle avait lu dans mes pensées, Meg murmure :

– Ce serait génial que je vienne te voir à Paris.

Je lui serre la main très fort.

C'est exactement ça une vraie amie.

Quelqu'un qui arrive à nous comprendre sans qu'on ait besoin de parler !

D-Day

« We are the champions
We are the champions
No time for losers
'Cause we are the champions of the world. »

C'est le refrain qui réveille la famille Juin ce matin. Papa hurle dans la cuisine en préparant le petit-déjeuner. Je jette un coup d'œil au réveil : il est à peine 7 heures.

– Il exagère quand même, je murmure d'une voix ensommeillée.

– C'est le D-Day aujourd'hui ! s'exclame Meg qui émerge aussi. Euh… je crois qu'en France, vous dites plutôt « le jour J » !

On rejoint la cuisine comme deux robots et on s'affale à table.

– Moi j'en ai marre ! pleurniche Luna qui arrive à son tour. Hier soir, Laure n'a pas arrêté de parler avec Meg et on entendait tout de notre chambre, on n'arrivait pas à s'endormir avec Lisa.

– C'est vrai, confirme celle-ci qui s'assoit en bâillant. Et ce matin, c'est toi papa qui nous réveilles !

Le docteur Juin nous fait une bise rapide, mais il ne s'excuse pas. Le marathon débute dans quelques heures, donc il s'agite dans tous les sens. Avant de nous quitter, il a droit à nos encouragements. Je crie :

– You are the champion, daddy !

– Papa, you are the best ! déclare Lisa très fière d'avoir appris cette phrase.

– Oui dad ! ajoute Luna.

– I'm sure you'll win ! conclut Meg.

Il embrasse maman, nous fait le signe de la victoire, puis il referme la porte derrière lui.

Après son départ, on attaque très sérieusement le petit-déjeuner de ce D-Day.

On arrive à notre lieu de rendez-vous vers 8 h 30. Un grand nombre de lycéens s'active déjà. Je repère très vite Lou qui est en train de parler… avec Chris. Notre stand I love la France est juste à côté de celui qu'il tient avec Jack et Sean. Quelle coïncidence ! Dès que ma sœur nous voit arriver, elle se précipite vers nous.

– Prêtes pour cette super journée ? nous demande-t-elle en arrangeant ses cheveux toutes les deux secondes et en jetant des coups d'œil vers le stand des Américains. Papa était en forme ?

– En pleine forme ! lui explique maman. Je vous abandonne. J'ai promis à Luna et Lisa que nous irions faire un tour de barque.

– OK ! lance Lou. Suivez-moi, les filles !

– Hello, fait Sue en nous voyant arriver. Vous arrivez pile ! Il faut préparer les objets à vendre et afficher les prix.

– C'est parti ! s'écrie Meg. Avec Laure, on s'occupe des étiquettes.

Pendant que nos deux sœurs installent les gâteaux et les tee-shirts sur notre stand, je réalise une petite affiche : « I love la France : le stand qui vous fait voyager ! ». Meg se charge de la traduire en anglais. Ensuite on trouve un slogan assez génial que l'on écrit en grand en ajoutant les prix des produits en vente.

Do you love la France ?
Show it !
4 biscuits : 1,5 $
1 tee-shirt : 5 $

La kermesse débute officiellement à 10 heures. C'est aussi l'heure où notre père s'élance. Les premiers spectateurs du marathon commencent à arriver. Lou s'est assise près du stand de Chris, Sean et Jack qui, eux, vendent des boissons. Elle n'arrête pas de rire. Je finis par lui chuchoter :

– Si Maxou te voyait, il serait jaloux !

– Tu ne peux pas comprendre, Laure, me répond-elle en haussant les épaules. Parfois la distance tue les sentiments.

– Ce ne serait pas plutôt les beaux bruns ténébreux qui tuent les sentiments ? je suggère en pouffant.

Meg crie I love la France pour attirer les passants et une dame vient nous acheter des sablés. Elle tend un billet de dix dollars à Sue qui s'exclame :

– On a oublié de faire de la monnaie !

Meg et moi, nous prenons alors le billet et nous nous précipitons vers le marchand de glaces. Meg est en train d'encaisser la monnaie quand une voix s'exclame près de moi :

– Lôrr ! Hello Lôrr !

Je tourne la tête, un peu surprise, et je me retrouve nez à nez avec John Bradford en personne, le sauveur de Luna dans Central Park.

– How are you ? continue-t-il. Where is Looona ? Is she gone again ?

Le géant se met à rire.

– Euh no. Luna is… with my mother.

– Oh… OK. But what are you doing here ? me questionne John.

La réponse étant un peu compliquée, j'appelle Meg au secours et je lui présente John. Avec son aide, j'arrive à expliquer pourquoi je suis encore dans Central Park.

Meg s'écrie soudain :

– Sue voulait de la monnaie et on discute tranquillement ! Hurry up !

On s'élance vers notre stand en faisant signe à John de nous suivre. À notre arrivée, Sue est en colère.

– On vous attend depuis plus de dix minutes ! hurle-t-elle.

Quand elle aperçoit John, elle arrête instantanément de gesticuler et elle devient rouge coquelicot.

– Oh John ! lance alors Lou en se levant. How are you today ?

Pendant que ma sœur explique à Sue qui est le géant qui vient d'arriver, je remets la monnaie à notre acheteuse qui a patiemment attendu. Trois personnes se présentent à notre stand, elles ont l'air intéressées par les tee-shirts.

– One tee-shirt, five cents, annonce Sue qui n'a plus l'air d'avoir toute sa tête.

– No, five dollars ! corrige Meg en empochant le billet.

Mon amie me donne un coup de coude. John s'est approché de Sue pour lui demander s'il pouvait l'aider.

– Oh... Yes ! s'écrie-t-elle si fort que le monsieur à qui elle rend la monnaie sursaute.

Le géant s'installe sur notre stand et Sue se tourne vers lui toutes les trois secondes. Comme Lou passe son temps à se tordre le cou pour apercevoir Chris, nous avons officiellement deux girouettes hors circuit au stand I love la France !

Nos tee-shirts commencent pourtant à bien se vendre. Un Américain insiste pour acheter celui décoré par Luna qui est suspendu au-dessus du stand. Meg lui explique que c'est un tee-shirt collector et qu'il coûte une petite fortune.

– I love it, insiste le monsieur. It's very beautiful !

– You can have it. Euh... For fifty dollars ! lance Meg au hasard.

Je retiens mon souffle. Le promeneur tend un billet de cinquante dollars et s'empare du tee-shirt avec un grand sourire.

– Il faut avoir le sens des affaires, déclare mon amie en rangeant le billet.

J'approuve en secouant la tête.

– Tout à fait d'accord. Une œuvre d'art, c'est une œuvre d'art !

Soudain, une clameur retentit dans le parc. Les premiers coureurs passent dans l'allée à quelques dizaines de mètres de nous. Je pense à papa qui doit être en train de souffrir... Mais il y a des clients qui attendent, donc j'arrête de rêver ! D'autant plus que nous sommes toujours un peu seules Meg et moi. Lou s'est installée à côté de Chris qui lui a offert un Coca. Sue, elle, n'arrive plus à rendre la monnaie tant elle est perturbée par John.

– Heureusement qu'on assure, nous ! me chuchote Meg d'un air entendu.
– Yep ! je réponds. Deux Américains passent et nos sœurs s'effacent !

À 13h15, maman nous avertit que papa approche de Central Park. Évidemment les quatre L n'ont pas envie de louper son arrivée. Enfin toutes sauf une ! Lou se sent in-dis-pen-sa-ble sur le stand.

On se dirige toutes les quatre vers l'arrivée où une foule énorme s'est amassée.
– Ne lâchez ma main sous aucun prétexte ! crie maman d'une voix angoissée en empoignant fermement Lisa et Luna.
– J'ai vu papa ! J'ai vu papa ! hurle Luna.

Comme elle crie à nouveau, je lui dis :
– Tu ne vas pas nous détruire les oreilles à chaque fois qu'un barbu passe ! Il y en a peut-être un millier qui court !
– Il est làààà ! vocifère maman qui vient d'apercevoir son héros. Il est làààà !

On se précipite vers le docteur Juin qui franchit la ligne d'arrivée. Il va déposer son dossard et récupérer son classement, puis on l'escorte jusqu'à un coin de pelouse sur lequel il s'allonge en soufflant comme un taureau. Lorsqu'il peut enfin parler, il répond à nos multiples questions.

Oui, il est fatigué.

Oui, il a trouvé ça difficile.

Oui, il est fier de son temps : 3 heures et 56 minutes.

Non, il n'est pas le dernier, il est 12821e sur 42550.

Non, il ne le refera pas. Il pense se mettre au golf l'année prochaine ou à la danse classique, mais ça, il l'a déjà dit.

On éclate de rire en le regardant se relever. Il ressemble à un vieux pépé plein de rhumatismes. Je regagne mon stand au pas de course.

Le reste de la famille Juin m'imite.

Et bien sûr, c'est papa qui arrive bon dernier !

Great surprise !

Il est 16 h 30 et il ne reste plus l'ombre d'un objet sur notre stand.

Heureusement, nous avions mis de côté quatre tee-shirts souvenirs pour Jack, Chris, Sean et John qui nous ont bien aidées. Après le marathon, des dizaines de coureurs sont venus se restaurer sur notre stand.

On a récolté exactement 542 dollars et Meg et Sue ont décidé d'en laisser 300 pour le dispensaire.

Mon amie et moi commençons à empiler les boîtes vides. Nos deux sœurs se sont évaporées dès le dernier tee-shirt vendu. Lou est partie se promener avec Chris. Quant à Sue, elle est allée s'asseoir à l'ombre avec John. On entend d'ici leurs éclats de rire.

Je couve du regard notre caisse fermée à double tour et je prends soin de mettre la clé dans ma poche.

– Alors les filles ? Comment s'est passée votre journée ?

Sandrine vient d'arriver et Meg, enthousiaste, saute à son cou pour lui raconter nos ventes. Elles s'éloignent du stand pour se rapprocher de Sue.

– Lôôr ! Do you want something to drink ?

Sean me montre une canette de jus de fruit. Je le rejoins pour boire en sa compagnie.

– It's a very good day for I love la Fronce !, s'exclame-t-il.

– Yes ! lui dis-je en lui montrant avec mes mains la somme que nous avons gagnée.

– Great ! s'écrie Sean en tapant sa canette contre la mienne.

J'arrive à converser en anglais sans problème… ou presque. Je me sens carrément américaine. Je finis ma boisson et je regagne mon stand.

C'est à ce moment-là que je m'aperçois que notre caisse a disparu.

Je me mets à crier et à fouiller partout. Mais je me rends vite à l'évidence. Notre argent s'est volatilisé ! Quelqu'un a dû guetter mon départ pour l'emporter. Sean, Jack, Meg, Sue et Sandrine, ameutés par mes cris, se précipitent vers moi.

– Qu'y a-t-il ? s'inquiète Sandrine.

– La caisse… la caisse… je sanglote. Elle n'est plus là… C'est ma faute…

Quand les Steph au carré sont de retour avec Lisa et Luna, c'est la consternation. Ils essaient de me réconforter, mais rien n'y fait. Lorsque Lou et Chris reviennent de promenade, j'ai versé environ dix litres de larmes.

Mes parents et Sandrine partent déclarer le vol à la police du parc. Lou me serre contre elle pendant que Meg essaie de chasser mes larmes en chuchotant :

– Votre copain américain est tout à fait le genre de garçon que ma sœur adore avec son look de sportif rappeur. D'ailleurs, ils ne se quittent plus !

– Tu sais pourquoi John est à Central Park aujourd'hui ? me questionne Lou.

– Ben non, lui dis-je. On l'a croisé ce matin près du stand des glaces, mais je ne lui ai pas demandé pourquoi il se trouvait là.

Lou va interroger John. Soudain, Sue se met à hurler et à bondir partout. Meg me regarde en tournant l'index autour de sa tempe. Ma sœur arrive en riant :

– C'est incroyable ! Vous ne devinerez jamais ce que fait le père de John !

– Euh... mannequin pour tailles géantes ? propose Meg.

– Non ! Il est ingénieur du son et ce soir il s'occupe des réglages pour le concert de Sergent Pepper.

– Non ? s'écrie Meg.

– On va au concert ! hurle Sue qui se précipite vers nous. John a dit qu'il pouvait nous trouver des places à Meg et moi ! Je vais les voir ! Sergent Pepper et les Strukes !

C'est le moment que choisissent mes parents et Sandrine pour revenir.

– La déclaration de vol est faite, m'explique papa. Malheureusement, les chances de retrouver l'argent sont quasi nulles, ma chérie.

Sue se rue sur sa mère pour l'informer de l'invitation de John. Celui-ci se tourne vers mes parents et lance :

– May Loo and Lôrr go with us to see the show?

– Euh... OK! répond papa en souriant. Why not?

Lou saute dans les bras de Sue. Je m'empare de la main de Meg et je lui confie d'une voix tremblante :

– Ce sera mon premier concert.

Les larmes ne sont pas loin à nouveau. Trop d'émotions dans une même journée!

– Moi aussi, me répond-elle en me serrant tout contre elle.

Sandrine propose de nous récupérer après le spectacle.

– Et nous alors ? s'écrie Luna. Pourquoi on ne va pas au concert ? Il n'y a que Laure et Lou qui font des trucs chouettes !

– C'est vrai ça ! proteste Lisa. Nous, on ne fait que visiter les musées.

– Vous exagérez ! leur répond maman en riant. Vous avez déjà oublié les M&M's, les manèges, les sucettes géantes et les tours de barque ?

Papa ajoute d'un air mystérieux :

– En plus, ce soir, Lou et Laure vont louper une super surprise.

– Nananère, lance alors Luna. Nous on aura une surpri-zeuh !

– Oh non ! C'est pas jus-teuh ! crie Lou en tapant du pied. Moi aussi j'adore les surpri-zeuh !

– Et toc ! conclut Lisa très satisfaite.

Les deux petites L s'éloignent d'un pas décidé. Lou me fait un clin d'œil et j'arrive à sourire. Mais au moment de ranger nos affaires, mon cœur se serre. Dans les stands voisins, les lycéens sont en train de faire leurs comptes. Je sais que parmi eux, pas un seul ne fera l'erreur de laisser son argent sans surveillance.

C'est alors que Sean et Jack s'approchent de moi et me tendent un billet de cinquante dollars.

– It's for you. For sick children ! Une peu de notre money.

Je regarde Lou qui est aussi surprise que moi. Nous avons à peine le temps de réaliser qu'un deuxième lycéen s'approche. Celui-ci parle bien français.

– Voilà pour vous, nous dit-il en nous tendant cinquante dollars. On a pris un petit pourcentage sur les recettes de notre stand. C'est pour le dispensaire. Sue et Meg nous ont tout expliqué.

Cette fois-ci, j'ai la présence d'esprit de le remercier. Ensuite, c'est un défilé continu. Au total, les douze stands nous apportent une petite contribution. Les lycéens ont appris le vol dont nous avons été victimes et ils ont voulu réparer cette injustice.

– 400... 410... 420... 440 dollars, annonce Lou qui compte les billets.

– Vous garderez 300 dollars pour le dispensaire, déclare Sue. On aura assez avec 140 dollars pour notre lycée.

– Vous êtes vraiment trop...

Je n'arrive pas à finir ma phrase, j'éclate à nouveau en sanglots, mais cette fois ce sont de vraies larmes de joie que je laisse couler.

Papa décide de garder avec lui l'intégralité de la somme. Avec Lou, on passe remercier les lycéens. Évidemment, elle s'attarde un peu plus longtemps auprès de son bel Américain.

– C'est top ! me confie-t-elle au bout d'un moment. Chris a eu une idée géniale. On va monter une association pour réunir des fonds destinés aux enfants du dispensaire ou aux enfants malades.

– Là maintenant ? Le concert a lieu dans moins de trois heures.

Lou lève les yeux au ciel.

– Mais non ! Dès qu'on rentrera à la maison. Notre association sera franco-américaine et elle réunira des jeunes sur Facebook. Chris lancera des opérations caritatives de New York et moi de Paris. Notre organisation peut vite prendre de l'ampleur.

Chris hoche la tête. Leurs mains se rejoignent et Lou en profite pour poser un baiser sur les lèvres de son beau brun.

Une association franco-américaine est née sous mes yeux.

Et Maxime Gandier passe à la trappe par la même occasion !

Ensuite, nous chargeons nos affaires dans la voiture de Sandrine qui rentre chez elle et les Steph au carré emmènent Luna et Lisa vers leur super surprise.

Sean, Jack et Chris viennent nous dire au revoir. Lou a les yeux très brillants. Je lui serre la main.

– Pense à ton association ! lui dis-je tout doucement.

Elle essaie de sourire mais ses lèvres tremblent. J'ai l'impression que ma sœur va faire des progrès incroyables en anglais cette année !

John nous guide jusqu'au chapiteau dans lequel aura lieu le concert et appelle son père qui vient nous chercher à l'entrée.

– I booked VIP tickets for you, nous annonce-t-il.

En entendant cette phrase, Sue hurle de bonheur. J'ai du mal à la reconnaître. Meg me semble presque calme à côté d'elle.

– On sera super bien placés, m'explique mon amie à qui je demande une traduction. C'est pour ça que ma sœur est dans cet état. Je te l'ai dit, rap drives her crazy !

Meg lève ses cheveux en l'air et louche en tirant la langue pour imiter sa sœur.

Et John nous entraîne à l'intérieur du chapiteau.

The show

Vers 19 heures, on part acheter d'énormes bretzels chauds qu'on déguste tous les cinq allongés sur la pelouse. Sue regarde sa montre sans arrêt et répète :

– Hurry up ! On va rater le début du concert si on n'y va pas maintenant !

John fait semblant de dormir, et Sue lui tire sur le bras pour le relever. Il en profite pour la déséquilibrer et la rattraper dans ses bras.

– Je te parie que Sue ne sera plus célibataire à la fin du concert, me chuchote Meg en riant.

Finalement, dès 20 heures, on se dirige vers le chapiteau. Les spectateurs sont déjà nombreux et la chaleur étouffante ! Mais grâce à la taille et la carrure de John, on n'a aucun mal à gagner nos places.

Quand les lumières s'éteignent, des hurlements retentissent.

Je joins ma voix aux Américains même si je ne connais pas le groupe qui va jouer.

Lorsque le chanteur de Sergent Pepper apparaît et qu'il prononce quelques mots dans le micro, c'est le délire. Les acclamations sont si intenses que je me couvre les oreilles. Meg crie plus fort que tout le chapiteau réuni. Elle me secoue l'épaule et je finis par comprendre qu'elle me parle d'Andrew Lover.

Les premières notes de musique de *Baby* retentissent à mes oreilles. Je suis stupéfaite. La chair de poule m'envahit.

C'est alors que je vois Andrew Lover s'avancer sur scène.

– C'est l'invité surprise du groupe, il va chanter deux ou trois chansons avant Sergent Pepper, m'explique Meg.

Andy est à quelques mètres de moi seulement. Il s'empare du micro. Et je jure qu'à ce moment-là, son regard croise le mien.

Je voudrais que le temps s'arrête.

C'est juste le plus beau moment de ma vie.

Des briquets s'allument autour de nous. La voix d'Andrew s'élève et emplit le chapiteau.

Des centaines de jeunes reprennent la chanson en chœur. C'est si beau que je pleure et je ris en même temps. Meg a pris ma main et se balance doucement à mes côtés. Pendant que mon idole chante, je suis dans un état second. Quand sa dernière chanson s'achève, je crie son prénom de toutes mes forces. Mais il finit par disparaître de scène pour laisser la place au groupe Sergent Pepper.

Des hurlements se font alors entendre à mes côtés… C'est au tour de Sue de devenir folle de joie ! Elle est tellement déchaînée qu'elle en oublie presque John. Celui-ci, beaucoup plus calme, se contente de hocher la tête sur certains morceaux. Par contre, il ne cesse de regarder Sue.

Dès que les Strukes apparaissent sur scène, Lou mêle sa voix à celle de Sue. Meg et moi, on tape dans nos mains et on saute au rythme de la musique. Finalement, le rap, c'est drôlement bien !

Lorsque les dernières notes de musique s'éteignent, Sue est en nage et ses cheveux sont en bataille.

– I'm so happy, annonce-t-elle d'une voix éraillée. C'était le concert de ma vie. John you're fantastic !

Il la regarde avec un sourire de deux mètres de large, qui s'élargit encore lorsque Sue se jette à son cou en criant :

– Thank you so much ! You're marvellous !

Le petit baiser qu'il glisse tout près des lèvres de Sue ne passe pas inaperçu.

– Ah ah ! me murmure Meg alors que nous quittons nos places, je te l'avais bien dit… Vous allez devoir revenir à New York pour le mariage !

Les « futurs mariés » se tiennent la main, et John nous guide vers la régie son où nous attend son père. Tous les dix mètres un vigile nous arrête. À chaque fois, John sort un badge et explique qui il vient voir. Quand nous arrivons enfin à l'endroit où travaille M. Bradford, il y a beaucoup d'agitation dans les couloirs.

– Do you like Andrew Lover ? demande le père de John en nous accueillant.

– Oh yes ! crie-t-on, Meg et moi.

– Hurry up ! He's here if you want an autograph, continue-t-il en nous désignant une porte.

Je me tourne vers Meg pour qu'elle me donne des explications.

– Andy. À côté. Autographe, répète-t-elle comme un robot.

– Bougez-vous ! crie Lou. Il ne restera pas trois heures !

J'assiste alors à une scène incroyable. John ouvre une porte et, comme dans un rêve, Andrew Lover apparaît.

D'accord, il n'est pas vraiment seul puisque une dizaine de fans a réussi à le rejoindre mais il est là… tout près de moi.

– Andy, chuchote Meg qui respire à peine.

– On peut s'approcher, tu crois ? je lui demande dans un souffle.

– Courage les filles, lance Lou en nous poussant dans le dos.

Muettes de bonheur, on se retrouve en face de notre idole. De près il a des yeux bleu-gris magnifiques.

– I love you Andy, murmure Meg.

Sans bouger d'un pouce, je chuchote :

– Moi aussi je t'aime Andy.

En nous voyant tétanisées, Sue et Lou prennent les choses en main. Elles nous tendent un morceau de papier chacune et demandent à Andrew de le signer.

– Lôôr ? A French name ! s'exclame Andrew en entendant mon prénom. Can you spell it ?

J'épelle mon prénom très fièrement.

– I love France ! dit Andrew en souriant.

Je suis au bord de l'évanouissement. Au moment où je récupère mon autographe, Lou sort son portable et me bombarde de photos. De son côté, Sue photographie sa sœur. Mais déjà Andrew nous adresse un signe de la main et s'éclipse.

Je regarde l'autographe.

To Laure with love... Andrew Lover.

Il a mis un cœur au bout du « e » de mon prénom ! J'en ai les larmes aux yeux. Andy m'aime un peu.

– Alors, c'est bien la deuxième fois que vous rencontrez Andrew Lover ? ironise Lou.

– C'est vrai ça ! s'exclame Sue. Vous nous aviez affirmé que vous l'aviez rencontré en bas de son immeuble.

Je regarde Meg qui sourit béatement en serrant son autographe contre son cœur. On s'en fiche bien d'être prises en flagrant délit de mensonge ! Aujourd'hui, on a atteint le bonheur absolu, et c'est la seule chose qui compte.

– Les filles, on lève le camp, chuchote Sue. Vous n'allez pas passer la nuit à lire vos autographes.

– Laure, remue-toi ! lance Lou en secouant mon bras. Sandrine nous attend.

Je me résigne à glisser mon précieux autographe dans ma poche et je me laisse guider jusqu'à la sortie.

Avant de monter dans la voiture de Sandrine, on remercie John pendant au moins une demi-heure. Sue lui donne son numéro de téléphone et lui glisse un bisou tout doux.

Sur le chemin du retour, les filles n'arrêtent pas de chanter. Moi, je reste silencieuse. Le concert est encore en moi et je veux le garder intact.

Quand on rentre à l'hôtel, papa est déjà couché, il n'a pas réussi à attendre notre retour.

Maman nous explique qu'il s'est quasiment écroulé sur son lit.

Par contre, dans la soirée, il a réservé une belle surprise à Luna et Lisa puisqu'il les a amenées voir le dernier Disney dans un complexe-ciné géant. Les deux petites L étaient aux anges même si elles ne comprenaient pas les paroles ! Elles sortent de leur chambre en courant dès qu'elles nous entendent.

– Alors ? C’était comment le concert ? nous interroge Lisa.

– Top ! déclare Lou. Mais sûrement moins bien que votre dessin animé.

– Ça c’est sûr ! ajoute maman en souriant.

– C’était merveilleux, dis-je en fermant les yeux. En plus, j’ai vu Andrew Lover et il m’a signé un autographe !

– C’est quoi un « autrographe » ? demande Luna en bâillant.

– C’est un papier où le chanteur que tu aimes écrit son nom.

– Ah… commente Luna en regardant mon autographe. Eh ben c’est pas très joli.

– Et ça ne sert à rien ! ajoute Lisa. Tu vois, Luna, on n'a vraiment rien raté !

Très satisfaites, nos petites sœurs retournent se coucher.

Une fois dans mon lit, je ferme les yeux mais je n'arrive pas à dormir. Parfois le bonheur est tellement grand qu'il remplit notre cœur et notre tête à la fois. Et dans ces moments-là, il ne reste plus de place pour le sommeil.

Andrew est là quelque part dans cette ville. Mais un petit bout de papier avec un cœur me rapproche de lui.

Et on peut bien dire ce qu'on voudra, c'est le plus merveilleux des souvenirs de New York que j'emporte !

Last day in New York

Ce matin, j'ai à peine ouvert une paupière que je suis déjà debout. Je me précipite dans la chambre voisine :

– Lou ! Il me faut ton portable pour voir les photos que tu as prises hier.

Pour toute réponse, ma sœur me lance un oreiller en pleine tête. Trop impatiente pour attendre, je fouille partout pour mettre la main sur son téléphone, ce qui la réveille complètement.

En râlant, elle finit par me montrer les merveilleuses photos d'Andrew et moi.

– Quand mes copines les verront, elles seront vertes de jalousie ! je m'exclame.

– Bof, murmure Lou en bâillant. Il n'y a pas de quoi mourir d'amour. Votre Andy est loin d'être un play-boy !

– Excuse-moi, mais si je le compare à ton Chris, il est nettement plus beau.

– Tu n'y connais rien, me répond ma sœur d'un air supérieur, Chris est le garçon le plus canon de…

– Départ pour le dispensaire dans moins de dix minutes, nous annonce papa en passant sa tête dans la chambre.

Lou pousse un hurlement et se rue dans la salle de bains.

Ce matin, nous allons remettre officiellement l'argent gagné lors de la kermesse. En attendant notre retour, les deux petites L partent faire un tour sur les bateaux taxis de l'Hudson avec maman.

Alors que nous nous dirigeons vers le métro, inquiète, je demande à mon père :

– Tu as bien l'enveloppe ?

– J'ai dormi avec l'argent sous mon oreiller, Laure. Comment voulais-tu qu'il disparaisse ? me rassure papa.

J'avoue que nous sommes très fières en remettant nos gains au directeur. Lou précise que nos deux amies franco-américaines ont contribué à la réussite de notre stand.

Notre père raconte le vol lors de la kermesse, et le directeur promet qu'il téléphonera au lycée français pour remercier les étudiants. Ma sœur lui parle aussi de son projet franco-américain de récoltes de dons via Facebook.

Lou s'exprime en anglais et elle n'hésite pas un seul instant. D'ailleurs, le directeur la félicite pour son explication.

– It's really fantastic ! Je décorera l'étage pour les enfants grâce à vous, je achètera des jouets et aussi un computer, nous apprend le directeur en s'excusant pour ses fautes de français.

En sortant du dispensaire, j'essuie très vite ma joue, et Lou se mouche discrètement. Papa nous serre contre lui, et on se met à dire des bêtises, comme à chaque fois qu'on se sent trop émus.

On rejoint maman, Luna et Lisa vers midi. Notre dernier déjeuner américain est composé de hamburgers bien sûr.

Ensuite, toute la famille Juin achète des souvenirs. Papa m'offre un beau stylo avec une magnifique vue de Central Park, lieu de mon inoubliable concert. Lou choisit un tee-shirt I love NY.

– Tu voudras que je te passe un marqueur pour y ajouter « and Chris » ? je lui glisse au creux de l'oreille.

Elle me donne un coup de coude discret mais je vois bien qu'elle sourit.

Lisa, elle, a choisi un livre sur New York. Elle nous explique :

– Je le lirai dans l'avion. Comme ça, je pourrai vous donner de nouveaux renseignements sur ce qu'on a visité !

Luna fait une dernière crise pour ramener un écureuil de New York.

– Je te promets que si tu es sage, tu auras un cochon d'Inde en France, lui dit maman.

Luna s'arrête aussitôt de pleurer.

– Et là, je commence à être sage ? demande-t-elle.

De retour à l'hôtel, ma gorge se serre. Mes sœurs ne manifestent aucun enthousiasme à replier leurs vêtements. Seule Luna est prise d'une frénésie de rangement.

– Je suis sage hein ? nous demande-t-elle toutes les cinq minutes.

La seule chose qui me fasse vraiment plaisir, c'est le dîner de ce soir. Les Steph au carré ont invité Sandrine et ses filles au restaurant. Ils veulent les remercier pour l'accueil qu'elles nous ont réservé.

À la fin de la soirée, papa nous réunit dans le salon. Il adore les réunions de synthèse, donc on n'y échappe pas.

– Alors les quatre L ? Votre appréciation sur ce séjour ?

– C'était trop génial ! crie Luna en sautillant. Et là, tu trouves que je suis super sage ?

– J'ai tout adoré papa, explique Lisa. Et la surprise d'hier soir, c'était vraiment cool !

– Merci Marathon Man ! lance Lou. On a vécu six jours fantastiques !

Papa affiche un large sourire, puis il se tourne vers moi :

– Et toi, ma Laure ? Tu n'as rien à dire ?

Je sens que ma lèvre se met à trembler. Mes yeux se remplissent de larmes.

– C'était tellement bien papa… que je ne veux… paas… paartiiir…

Je sanglote, et mes trois sœurs se jettent sur moi pour me consoler. Les Steph au carré nous entourent de leurs bras, et on forme la boule Juin. Celle qui éloigne les chagrins.

Vers vingt heures, nous retrouvons nos amies dans un restaurant au décor de western. Il y a des grosses vaches en plastique partout et Luna retrouve ses amours de l'été passé à la montagne. Pendant tout le repas, elle parle aux ruminants qui nous entourent.

Dans cet authentique Steak House, les menus sont si grands que l'on disparaît derrière lorsqu'on est assis. Lisa est fascinée par la quantité de plats proposés que Sue s'amuse à lui traduire en français. Lorsque le portable de Lou sonne, on est en train de passer la commande.

– Excuse me, dit-elle en rougissant.

Et ma sœur quitte précipitamment la table. Je murmure à l'oreille de Meg :

– Lou est complètement givrée. Tu as entendu, elle vient de nous parler en anglais !

Meg m'adresse un clin d'œil.

– À mon avis, c'est parce qu'un Américain l'a appelée.

– J'ai compris ! C'était Chris au bout du fil ! je m'exclame en riant.

Nos soupçons sont vite confirmés puisque Lou revient s'asseoir avec une mine réjouie. Maman lui demande qui l'a appelée, mais Luna sauve ma sœur d'un aveu qu'elle n'a pas envie de faire en s'écriant :

– Là je suis toujours sage, hein maman ? Je vais l'avoir mon « cochon dingue » ?

– Il faut attendre d'être en France pour que je puisse faire un bilan sur ta sagesse, lui répond Steph Juin qui, du coup, en oublie le coup de téléphone reçu par Lou.

– Au fait, Sue et John se sont revus aujourd'hui, me chuchote Meg. Ils sont officiellement boyfriend and girlfriend.

– On sera invitées à leur mariage ?

Et on pique un fou rire mémorable en imaginant John le géant en marié.

À la fin du repas, Sandrine a une idée géniale puisqu'elle nous propose de monter sur l'Empire State Building. Lisa se rue sur le guide de papa et explique :

– C'est un immeuble de 102 étages, haut de 449 mètres. Il a été inauguré en 1931. Il dispose d'une terrasse observatoire à son sommet...

On se retrouve donc en train de marcher dans les rues de New York en pleine nuit. Meg et moi, on est surexcitées.

Comme il est tard, on accède à l'ascenseur sans attendre. Lorsque la porte s'ouvre au 102e étage, je ne sais plus où regarder tant le spectacle est extraordinaire.

Des milliers de guirlandes lumineuses formées par les voitures scintillent dans les rues. Des millions de fenêtres éclairées nous font face dans les buildings alentour. Appuyé contre un mur, un saxophoniste joue.

Avec Lisa et Meg, on déambule sur la terrasse.

– Écoute ! s'exclame soudain mon amie. Le saxophoniste est en train de jouer les premières notes de *Baby*.

Mon amie me prend la main et je la serre très fort. C'est un instant magique que je ne suis pas près d'oublier.

On se retrouve en bas de l'Empire State Building un peu après minuit.

– Tu m'écriras, hein ? me demande Meg avec un petit sourire triste. Tu as bien noté mon adresse e-mail ?

– Je l'ai rangée avec l'autographe d'Andrew. Tu peux être sûre que je ne la perdrai pas. Tu vas trop me manquer.

Sandrine et maman ont les larmes aux yeux elles aussi. Lou et Sue tombent dans les bras l'une de l'autre. Seule Luna est d'humeur joyeuse, elle chantonne :

– J'ai été sageuh ! J'ai été sageuh !

– Il faut savoir partir ! lance papa. La France nous appelle, les filles !

Les bruits que j'entends sont ceux de la ville que j'aime. Des voitures qui freinent, des klaxons, des sirènes de police… Toute cette musique qu'il va me falloir quitter.

Meg m'embrasse une dernière fois et la famille Juin s'engouffre dans un taxi.

Un regard par la vitre arrière, Sandrine et ses filles disparaissent.

Ne bouge pas New York. C'est sûr, je reviendrai.

Back to Paris

– Is there a doctor on the plane ? We need a doctor.

Nous étions en vol depuis moins d'une heure lorsque cette annonce a retenti. Papa s'est tourné vers nous en soupirant et il a chuchoté :

– Vous voyez ? Je vous l'avais dit !

Un monsieur venait de s'évanouir en se levant de sa place et le docteur Juin a passé le reste du voyage à s'occuper de lui. Maman s'était momifiée une fois de plus, Luna et Lisa se sont endormies immédiatement.

Lou n'a pas parlé de tout le voyage. Elle était scotchée à son iPod et elle avait le regard dans le vide. Je suis certaine qu'elle n'a pas arrêté une seule seconde de penser à Chris.

Moi, j'ai préféré contempler les photos que Lou a prises sur son portable et j'ai fini par sombrer dans le sommeil…

Papa était épuisé quand on est descendus de l'avion. Il n'a pas fermé l'œil du voyage et il était de mauvaise humeur. Il a grondé Luna parce qu'elle voulait qu'on achète un « cochon dingue » en sortant de l'aéroport.

Évidemment, elle a pleurniché... Comme maman était en pleine forme puisqu'elle avait dormi durant les sept heures du vol, elle a réussi à la calmer et on a regagné notre appartement sans avoir les tympans percés.

Depuis que nous sommes rentrés à Paris, tout me semble petit. Les trottoirs sont minuscules, les immeubles de taille ridicule ! Même ma chambre m'a paru étriquée. Du coup, j'ai changé la déco. Sur le mur en face de mon lit, j'ai accroché un agrandissement de la photo d'Andy et moi prise par Lou après le concert. Je m'endors tous les soirs avec cette image devant les yeux. Je fais des rêves merveilleux depuis !

Meg m'a déjà envoyé plusieurs mails. Elle écrit souvent en anglais parce que j'ai décidé de continuer mes progrès fulgurants dans cette langue.

« I miss you, me dit-elle dans son dernier message. Sue and John are in love for ever and ever. John decided to learn French. »

Je lui écris régulièrement moi aussi. Elle m'a donné l'adresse du site web où elle achète ses vêtements et j'ai commandé le collant jaune fluo et le pull multicolore que j'adorais.

Lou commence à monter une vraie association franco-américaine caritative. Elle a ameuté ses amis sur Facebook.

Finalement, elle l'a appelée la « From Paris to New York Association ». Je pense qu'elle veut retraverser l'Atlantique. Pour distribuer de l'argent peut-être, mais aussi pour revoir Chris !

Depuis notre retour, Maxime Gandier n'a pas mis les pieds à la maison. Je n'ose pas demander à Lou si elle a définitivement rangé au placard son « Maxou d'amour »...

Lisa s'est lancée dans la rédaction d'un exposé pour sa classe. J'espère que sa maîtresse a du temps à lui accorder parce que ma petite sœur écrit une encyclopédie. Régulièrement, elle vient nous voir pour nous bombarder d'informations du genre :

– Vous saviez que le MetLife Building mesure 246 mètres ?

Et si on ne s'exclame pas « Ça alors ! » Lisa insiste jusqu'à ce qu'on se rende à l'évidence... New York est une ville incroyable !

Quant à Luna, elle ne touche plus terre depuis que maman lui a acheté son cochon d'Inde. On pensait *toutes* qu'en hommage à Youppi, celui de sa classe, elle l'appellerait Tralala ou Hourra, mais elle nous a bien eues.

– Il s'appelle John, a-t-elle affirmé. En souvenir de New York et du grand parc où je me suis perdue.

Maman a frémi à l'évocation de ce souvenir.

– Quel cauchemar! a-t-elle déclaré en secouant la tête. C'est le seul point noir de ces vacances de rêve.

Ensuite, elle s'est tournée vers papa :

– Merci pour ce séjour Steph. Tu as eu raison de te mettre au jogging!

Papa a ri en affirmant :
– C'était un séjour vraiment sportif pour moi. Vivement les prochaines vacances que je me repose !
– Ah mais non ! s'est écriée maman. J'ai déjà une idée pour le mois de février et le repos n'est pas au programme.
– On ira où ? a demandé Lou.
– Mystère, mystère, a chuchoté notre mère. Je peux juste vous annoncer que vous serez surprises.

Je me suis rapprochée, les yeux brillants.
– Allez maman, juste un petit indice.
Mais elle s'est contentée de nous faire un gros clin d'œil.

Papa a rapporté hier soir deux photos du service pédiatrique en cours de rénovation. C'est un des coureurs américains de son association qui les lui a envoyées. La salle de jeux a été peinte en rose et vert, il y a des peluches dans un coffre et une mini bibliothèque. Lou et moi, on en a pris une chacune.

J'ai accroché la mienne au-dessus de mon lit, juste à côté de l'autographe d'Andy.

Mes deux plus beaux souvenirs.

New York, I will never forget you !

Love
watch

TABLE DES MATIÈRES

L'AUTEUR

Sophie Rigal-Goulard vit dans deux mondes parallèles.
Au quotidien, elle est prof des écoles et maman de deux grands ados. Côté école, elle explique les leçons, corrige des cahiers et parle même anglais avec ses élèves. Côté maison, elle remplit son frigo (qui se vide sans cesse) et veille au bien-être de sa maisonnée…
Dans sa deuxième vie, Sophie Rigal-Goulard s'assoit devant son ordinateur et une douce bulle vient l'envelopper. Elle tape sur son clavier et, de ses mots, naissent de nouvelles vies.
Les quatre filles de son roman, Lou, Laure, Lisa et Luna, habitaient depuis longtemps son imagination, car elle a passé son enfance de cadette dans une famille de filles.
Elle aime faire des salons et des animations.

L'ILLUSTRATRICE

Diglee est une jeune illustratrice au sang anglais de 25 ans, fan de Lady Gaga, de paillettes, de chaussures et des années folles. Elle travaille beaucoup pour la jeunesse, surtout pour les préadolescentes. Née à Lyon, elle a passé son bac littéraire et est sortie diplômée de l'école Émile-Cohl en 2009.

Elle tient un (passionnant) blog BD dans lequel elle raconte ses péripéties du quotidien (doublement passionnant !), qu'elle a adapté en album, *Autobiographie d'une fille gaga*. Vous pouvez la retrouver sur les salons (elle adore faire des dédicaces !) et sur son blog : diglee.com

Retrouvez la collection
Rageot Romans
sur le site www.rageot.fr

PAPIER À BASE DE FIBRES CERTIFIÉES

RAGEOT s'engage pour l'environnement en réduisant l'empreinte carbone de ses livres
Celle de cet exemplaire est de :
544 g éq. CO_2
Rendez-vous sur
www.rageot-durable.fr

Achevé d'imprimer en France en janvier 2015
sur les presses de Jouve
Couverture imprimée par Boutaux (28)
Dépôt légal : mai 2013
N° d'édition : 6289 - 04
N° d'impression : 2179652X